你好，這裡是記憶花店

Memory
Flower Shop

肆一 著

suncolor 三采文化

如果記憶有氣味，
那會是什麼樣的味道？
逝去的人，
記憶會託付在何處？

—自序—

傷心不能夠抵銷，但也不要漏接了日子裡的美好

不把傷心活成是自己最重要的事，是記憶給予我們的禮物。

在受了傷的時候，視線常常會被眼淚給遮蔽；日子成天陰雨，泡在水裡的自己，很容易就會以為傷心是自己最重要的事，生命裡再也看不到光亮。可我始終願意去相信，這些其實是對自己的誤解，發生在我們身上的，除了損壞的那些，一定也包含了許多美好的事物，只是因為失落而不小心忽略了而已。

生活著就難免會有傷心，但請不要誤以為傷心是自己最重要的事。或許我們無法挑選會有什麼樣的事物來到身邊，不過至少可以為自己去做到最後要留下什麼，以及要讓什麼影響自己。只要記住幸福的片刻，哪怕只是微小片段，都能夠光亮我們的生

命，在感覺到脆弱無助的時刻，溫柔地接住我們，讓我們不至墜落摔碎。

傷心無法被抵銷，受了傷的自己仍是隱隱作痛，時間會沖淡但不一定能治癒，可也請試著一直溫柔提醒自己：不要過分用力地牢記著傷心，記得也要去接住生命中發生的那些美好時刻。

在二〇一八年時，我寫了《遺憾收納員》，那是一個講述修補遺憾的故事，在故事內的台北車站地下街中，有一處地方可以讓人將物品寄回到過去給已逝去的親友，讓你得以再擁有機會跟他們好好道別，讓他們能夠安心離去。

完成這本書之後的兩年，突然有個念頭跑出腦海：「關於那些被留下來的人，他們又該如何被治癒呢？」於是誕生了《你好，這裡是記憶花店》這本書。裡頭描寫了在城市的某個角落，有一間能讓人看到亡者記憶的花店，藉由這些記憶的碎片，得以讓還活著的人擁有可以好好生活下去的力量。兩本書都有一個共通點：它們完成了我們做不到，但卻很想完成的事，而最終都是希望能讓大家感受到被撫慰了。

今年是我以「肆一」這個筆名出道滿十年的時間，至今想起來還是覺得很不可思議，剛開始寫作時，沒有想到自己能夠有機會書寫這麼久的時間，因此很謝謝買這本書的你。雖說談銷量有點俗氣，但毫不諱言這是最直接能夠讓寫作的人感受到鼓勵的方式，因為有你們才讓我得以繼續與文字為伍。也謝謝始終給予幫助的出版社夥伴、經紀公司及所有人，由衷感謝。

同時對我來說，這本書也是自己寫作生涯的一個小小檢驗，它包含了自己這些年來對於寫作的摸索、學習與成長。因為喜歡文字，所以仍持續努力著，也希望閱讀這本書的你，能夠從裡頭收穫到一些。

在漫長的人生道路裡，我們每個人都只有一次活著的機會，沒有誰擁有重來的能力，因此或許我們能夠做到的只是盡量去珍惜現在。即使難免遭遇心碎，但都不要否定發生過的那些美好時光。有下雨的時刻，正巧也就說明了晴天的存在，今天過了，明天又會是新的一天。

願我們不再以失去為最重要，能夠看重身邊正在發生的事物，都可以有機會好好說再見，而即使來不及，也能夠在分別時候沒有參雜遺憾。

最後，還想讓你知道的是：你永遠都會有再遇見其他美好的可能。

肆一

CONTENTS

NO.01/

序曲

「紫薊。」

春末初夏清晨。

太陽緩緩從東方升起，黃金般色澤的陽光穿過樹蔭，點點灑落在游泳池中藍色的方形磁磚上，一瞬間像是波光粼粼的水面；風颯颯地刷過天際，空氣中瀰漫著一股清晨特有的潔淨。

曹學奕緩緩步行在游泳池中，此時泳池裡的水已經抽乾，取而代之是四個角落鋪上了一層淺淺的灰。他穿著一身的白——白色T恤、白色長版薄外套、白長褲，連鞋子都是白色，左手臂上綁著一條白色絲布，絲布隨著他的走動輕輕地在風中飄蕩著。

一起步下泳池還有年紀與他相仿的游碧惟，她則是全身漆黑——花領黑色襯衫、黑色長裙、高高的黑色靴子，以及手上提著一只黑色金屬工具箱，與曹學奕形成強烈對比。她身上少數的彩色是唇上鮮豔的口紅，以及鎖骨間那條金色的項鍊。

曹學奕在泳池中央止住腳步，看了一下時間：六點五十分。接著他脫下鞋子，赤腳站在游泳池裡；然後熟稔地拆下手臂上的白色布條繞過眼睛，在腦後打上一個結，蒙住自己的雙眼；最後將雙手朝上交疊置放在丹田處，屏氣以待。

游莙惟見狀，從口袋拿出一只木雕海豚，輕輕擺放在他的手掌之中。

曹學奕感受到掌心傳來的重量，他輕閉雙眼，讓思緒發散漫遊，捕捉著周圍空氣的律動，然後深吸一口氣。他的呼吸越來越急促，腦中逐漸出現點點的藍紫色光暈，像是螢火蟲發出的光芒飛舞在空中，飄浮著、不斷繞著他旋轉，最後將其包圍。

半晌後，曹學奕嘴裡吐出了這幾個字：

「紫薊。」

「紫薊。」游莙惟重複他的話。

隨即她打開身旁的黑色工具箱，只見多層式設計的工具箱裡頭，排列著密密麻麻的試管，玻璃材質在陽光下閃爍著光點。每支試管內都裝有近乎透明的液體，並且標記上不同花卉的名字：玫瑰、桔梗、大理花……她的指腹畫過玻璃瓶身，迅速從裡頭挑出其中一支，管身因為碰撞發出清脆的細小聲響。

游若惟旋開試管瓶蓋，一陣花香撲鼻而來，她小心翼翼地將裡頭的精油，分別各滴了一滴在曹學奕眼上的白絲布與掌心的木雕海豚上。

瞬間，香味串連了起來，曹學奕整個人被紫薊花的香味包圍住，原本眼前的漆黑轉換為藍紫色調，波浪從四面八方湧出，他的耳朵開始隱約聽到水花拍打的聲音……不過一個轉眼，游泳池的水也注滿了。

朦朧中，曹學奕看到一位少年正屈身躍入游泳池裡，他身後濺起了層層水花。

啪咀——啪咀——

年約十六、七歲的少年，疾速地在泳池內來回游泳，池水隨著手掌與腳掌律動拍打出陣陣的水浪，在少年的身後畫出一條長長的白色絲線。少年奮力地划著水，偌大的游泳池裡只有他一個人，不知道來回了幾趟，直至感覺到力竭後，他才起身坐在池畔休息。

少年拿起毛巾擦拭並包裹住身體，雖然已經是五月，但清晨的氣溫仍舊有點低。

他拿起手機看了時間，現在是六點半。

叮——

手機傳來訊息，一看是母親傳過來的相片：烤好的吐司上用果醬畫了一張哭臉。

已經是第七張相片了。

這是母子倆一貫和好的方式，每回只要吵架了，最後總會有一方忍不住先傳來一張哭臉，可能是手指在沙地上作畫、桌上的文具或是地上的石頭排列……任何能變成表情符號的物品都可以，只要收到這張相片，就表示對方舉白旗投降了。

「可以吵架，但要學會和好。」母親不止一次這樣說。

因此當王凱弘看到訊息時，不由得笑了出來，也回想起一週前與母親的爭吵。

「要休學一年？」母親一臉不可置信。

「一年而已啦，只是先休學一年，我想專心練游泳。」王凱弘回覆的口氣卻理直氣壯。

他一邊把玩著手上的木雕海豚，這是幼年時父親送他的禮物，造型樸質、不昂貴，卻是他與游泳結緣的物品，因此格外珍惜。房間內還隨處可見其他海豚相關的擺飾海報，簡直是海豚之屋。

「你正要升大學，現在是關鍵的時期，你卻說要休學？」

「我已經聽了你的話，選擇一般大學就讀了。」王凱弘轉換口氣說道：「媽～～明年有青年奧運，這可能是我最後的機會了，我想再試一次嘛。」

王凱弘自小學就開始學習游泳，天分加上努力，得過一些區域性比賽的獎項，因為成績優異，所以一路保送至國中與高中的體育班就讀；而準備升大學之際，在母親的勸說下，答應放棄體育學系改讀商管相關科系。可是他的心中一直有個遺憾，就是從來未曾在國際賽事拿過獎項。

「你現在首要是加強課業，而不是游泳。」母親口氣強硬。

「媽～～拜託啦，這是我最後一次可以參加青奧了。」王凱弘托住母親的雙手撒起嬌。

「你的未來只有一次。」母親語氣堅定。

「媽～～」

「你用在游泳上的時間已經夠多了。」語畢便轉身步出房門。

那天之後，王凱弘再也沒有跟母親說過一句話，與母親進行冷戰。為了不讓母親發現他在偷偷自主訓練，於是利用熟識泳池管理員之便，情商讓他趁營業前可以先來練習游泳，接著再趕去上課。

冷戰的第三天，母親傳來了第一張饅頭哭臉相片、第二天維他命哭臉、第三天書本哭臉、第四天錢幣哭臉、第五天襪子哭臉、第六天餅乾哭臉，然後今天是第七天，每天都會收到一張哭臉的相片，但王凱弘一次都沒有回覆。

其實看著母親每天花盡心思傳來的道歉相片，他的氣早就消了，只是仍然沒打算放棄比賽，每天都想著要如何再跟母親爭取一次。

昨天他經過麵包店時，看到店門口的母親節蛋糕海報，才驚覺到後天就是母親節。往年他都會替母親慶祝，今年因為兩人在鬥氣所以忘了。

「不會是想吃蛋糕才這麼勤勞地道歉吧？」

王凱弘忍不住這樣猜測，心裡覺得好笑，接著轉身進去麵包店預定了一個母親節蛋糕。

「母親節當天給她個驚喜，順便和好吧。」他這樣想。步出店門時，順手把收據胡亂塞進外套口袋裡跑步回家。

王凱弘關掉手機訊息，起身大大灌了一口水，伸展一下四肢後，撲通——屈身跳躍再次鑽入了泳池內。

他奮力地划著雙手、拍打著腳掌，身體逐漸熱了起來，血液往心臟直衝。王凱弘感受到池水輕輕地包裹住自己的身體，心裡有一陣溫柔襲來，唯有在游泳的時候，他才能感受到無比的平靜。這是他全世界最喜歡做的事。

王凱弘持續快速地在水道滑行，渾然忘我。突然間，一股劇烈的刺痛鑽進心臟，他感覺喘不過氣、慌亂地想抓住什麼東西，原本如同呼吸一般本能的游泳技能似乎也跟著遺忘了……王凱弘發現手腳逐漸使不上力氣、意識變得模糊，只能靜靜地躺在池水裡，任其包覆住自己。

啪咀——啪咀——

啪咀——

咳咳咳——

曹學奕從喉嚨深處用力乾咳了幾聲，像是要吐出肺臟一樣，游碧惟見狀先是用手指輕敲了曹學奕的肩膀三下，接著趕緊解下蒙在他眼睛上的絲布。

曹學奕感到一陣白晃晃的光襲來，奮力睜開了雙眼。

「看到了？」游碧惟問道。

「藍色外套口袋。」豆大的汗滴從曹學奕額頭滑落，嘴巴吐出這句話。

游碧惟點了點頭，起身撥電話給王媽媽。

「凱弘沒有生你的氣，他只是很喜歡游泳。」曹學奕這樣說，電話那頭的王媽媽拿著王凱弘外套裡的蛋糕收據，哭了出來。

天已經全亮，溫度也上升起來，夏天真的快到了。

游碧惟手裡拿著一束紫薊花，她從上頭取下一瓣花瓣，連同一張單據放進一支空試管裡收好，然後將花束擺在泳池的地板上。

最後，曹學奕與游碧惟兩人朝著空曠無聲的泳池深深一鞠躬，轉身離開。

NO.02/

有你的畫面
都是明亮

遊樂園裡人聲鼎沸，各種色彩鮮豔的遊樂設施散置在園內，孩童拉著大人的手興奮地奔跑在其中，棉花糖、氣球、爆米花，還有此起彼落的歡笑聲。

六歲的曹學奕穿著白襯衫、白短褲，一個人站在人群熙來攘往的園內，手裡拿著一支吃了一半的棉花糖，滿臉淚水地喊叫著母親。

「媽咪～～嗚～～」

他慌亂地東張西望，卻找不到母親的身影，眼前只有來回穿梭的陌生臉孔。

「媽咪～～嗚嗚～～」

他一邊哭喊著，棉花糖融化沾滿掌心，身後摩天輪巨大的陰影籠罩在他身上。

突然間，周圍熱鬧的喧笑變成了一聲聲刺耳的尖叫，曹學奕摀住耳朵哭喊得更大聲。他發抖著，蹲下身用力緊閉眼睛，尖叫聲越來越近，曹學奕偷偷瞥看指縫，隱約看到陌生孩童的哭泣臉龐；他再次用力閉上眼睛，下回再睜開時看到了母親的臉龐正奔向自己，接著一抹鮮紅朝他湧來，曹學奕放聲尖叫。

「啊——」

二十九歲的曹學奕在自己的床上驚醒，一身冷汗、腦袋發疼。

他仍是穿著一身的白，就連房內的色調也是灰白色，從牆面到家飾都是，人在其中活動時，像是一抹淺淺的汗漬。

時間是上午九點，曹學奕翻出背包裡的圓罐子，往手裡倒時發現已經空了；快速盥洗之後，打開衣櫃，裡頭清一色只有白色的衣物，他換上了另一套同樣是白襯衫與白西裝褲、白運動鞋，邊揉著太陽穴邊動身前往花店。

花店就位在住家附近，整間店以大片透明玻璃為主要裝潢，內部佐以白色的牆面與花架點綴，門口擺滿了一桶又一桶的鮮花，遠遠看像是一間溫室。

叮鈴鈴——

「歡迎光臨，菽薇花店。」仍舊是一身黑的游萫惟熱情招呼，今天她穿著黑T恤、黑皮褲、黑高跟鞋，還有同樣不變的紅色口紅與金色項鍊。「是你啊。」看到來人是曹學奕，她略顯失望。

「嗯。」曹學奕沒多說什麼，逕自翻著抽屜像是在找什麼東西。

「頭又痛了？」游菪惟看到他一臉蒼白，了然於心地問著。

曹學奕只是揉了揉額頭，沒多說什麼。

「奉上補腦聖品。」游菪惟遞上早已經準備好的生核桃與黑咖啡。

每回只要進行尋找記憶的儀式之後，隔天曹學奕一定會犯頭痛，屢試不爽。就像是一種交換一樣，他獲取了一些他人的記憶，自己的腦袋就會爆炸幾天。

剛開始以為是腦子生病了，但醫生檢查後都說沒有異狀，吃藥也毫無改善，於是建議平時多補充一點能舒緩腦疼的食物。後來意外發現生核桃加黑咖啡最有效果，因此養成隨身攜帶的習慣，當成零嘴吃，只是今天不巧身邊的剛好吃完。

「謝。」曹學奕道謝接下，迅速抓起一把大口吞下。

「哇，連說謝謝都很吝嗇。」

曹學奕沒搭話，拿起今天的訂單，開始整理花束。

「不太對勁喔……」游菪惟直直盯著他看，越貼越近。

曹學奕用花一揮，示意保持距離。

「又作夢了？」突然，游菪惟冒出這樣一句話。

曹學奕停頓了一下，腦中閃過摩天輪與尖叫聲，但還是沒開口，半晌後又繼續手邊的工作。

「果然，臉色比平常更蒼白。」游萏惟用食指在曹學奕的臉上比劃著。

「你不忙嗎？」曹學奕終於受不了她，反問道。

「你哪隻眼睛看到我不忙？」游萏惟轉著眼珠裝無辜。

曹學奕再次揮了揮手上的花，一陣香味飄來。

叮鈴鈴──

「歡迎光臨，菽……」游萏惟再次本能地招呼，轉身一看發現是程博文，立即給了一個大大的擁抱。「寶貝文文，你回來啦。」

「萏萏姊早安。」程博文也回予熱情。「今天好熱啊，夏天真的來了。萏萏姊都不會熱嗎？一年四季都穿長袖，還是黑色。」

「防曬、防曬，你懂不懂啊！」

「我看還沒曬黑，就先熱暈了。」程博文嘀咕著。

程博文是薪薇花店的店員，目前是大二夜間部學生，白天在花店工作，開店、盤點花、修揀花、包裝花都做，也負責送花。此刻他剛送花給客人回來。

「曹店長早。」程博文轉頭看到曹學奕已經出現在店內，嚇了一跳，一般他都是過十一點才會出現，上午通常只會有游著惟與自己在花店而已。

曹學奕點點頭，一樣沒說話。

「他核桃吃完了。」看出程博文的疑惑，游著惟解釋道。

「原來如此。」程博文用無聲的口形說出這句話。

曹學奕沒有反應，轉身進入花店後方的房間。

「我剛來上班的時候，還以為他不會說話。」程博文小聲說著悄悄話，他才到職幾個月。

「噗哧，」游著惟聞言笑了出來。「他是生活靜音器沒錯啊。」

「生活靜音器？」

「除了工作上必須要說話的情況外，其他時間他都是能不開口就不開口。」

「說話又不用錢，常常躲在後面房間都不知道在幹麼。」

「就是說、就是說啊。」游菪惟點頭如搗蒜，繼續說：「還是寶貝文文最棒了，又乖又認真。」

「獎勵。」程博文撒嬌道。

「馬上。」語畢，游菪惟從口袋拿出一根棒棒糖給他。

程博文開心地接下往嘴裡塞，一邊開始整理花材。

莍薇花店只有三名員工——店長曹學奕、副店長游菪惟，以及店員程博文。只是這間花店不只是花店，還藏有一項鮮為人知的祕密業務：這裡能夠幫人找回記憶。

「對了，昨天為什麼要送花去游泳池啊？」程博文嘴含著棒棒糖，口齒不清。話才剛說完，來不及再繼續追問，門口傳來了開門聲。

叮鈴鈴——

「歡迎光臨。」

這回是真的客人上門來了，是一位打扮入時的年輕女生，皮膚白皙、長相甜美，一頭烏黑的長髮在身後飄呀飄地。

「啊！」程博文發出了一聲驚叫，迅速用手摀住嘴巴。
「您好，請問需要怎樣的花呢？」游碧惟瞪了程博文一眼，趕緊上前招呼客人。
「我不是來買花的。」年輕女生回說，語氣有點猶疑。
「但我們這裡是花店啊……」程博文喃喃回道。
「你去忙，不要在這裡礙事。」游碧惟趕緊打發程博文離開，一轉頭立即再次展現職業笑容對著年輕女生說：「我們是花店，一定要買花才行。」
「但是……」年輕女生愣了一下，好半晌才像是鼓起勇氣般吐出其他的話：「請幫我找回記憶。」
「跟我來。」彷彿知曉對方的來意，游碧惟笑著點了點頭，示意年輕女生跟她一起到店後方。

花店後方有一間小會晤室，裡頭除了一張小圓桌與幾把椅子外，周圍都是花朵，各式各樣各種顏色的花卉綻放，芬芳而豔麗；溫度也明顯比外面低上許多，一進到房內，年輕女生忍不住打了個哆嗦。

「我叫MFK……」一坐下，年輕女生便迫不及待開始說話。

「請等一下。」游莙惟打斷她的話，先按下另一側牆上的按鈕，幾秒鐘後，曹學奕從門後走了出來，坐在另一張椅子上。他手裡拿著一罐生核桃，不時往嘴裡塞。

「本名。」游莙惟拿出一張紙準備記錄，接著才又往下說：「請說本名。」

「喔，好，」年輕女生有點疑惑地看了一眼曹學奕，還是繼續說道：「我叫馬芙愷，聽說這裡可以幫人找回記憶，是真的嗎？」

「你想要找誰的記憶？」

「朋友，我想要找我最要好朋友的記憶。」

「他已經死了嗎？」曹學奕突然插嘴，語畢又抓了一把生核桃丟進嘴裡。

馬芙愷愣了一下。

「哈哈哈哈，他的意思是，我們無法治療失憶症啦！」游莙惟趕緊笑著打圓場。

「嗯，她……死了。」馬芙愷輕輕點點頭，眼眶泛紅。

「請節哀。」游莙惟不知道從哪裡找出一盒面紙，遞給了馬芙愷。

「不一定都能成功喔。」曹學奕再次插嘴。

啪——

這個潑冷水大王。游著惟往曹學奕後腦拍了一下，瞪了他一眼。他手上的生核桃灑了出來。

「哈哈哈哈，那麼你知道找回記憶的規則嗎？」游著惟轉向馬芙愷再次打圓場。

「不是只要告訴你對方的名字就可以嗎？」馬芙愷一臉疑惑。

「不是……」

「需要路徑與鑰匙。」不等游著惟說明，曹學奕再次搶先開口。這次游著惟沒有阻止。

「我不太懂……？」

「記憶有味道，也會儲存在物品上。」曹學奕解釋道。

馬芙愷聽了更加困惑。

「除了我們所知道的大腦外，人的記憶還會以其他方式儲存著。」游著惟用白話文解釋：「一個人在死亡之後，也會將某部分的記憶遺留在自己最珍視的物品上頭，如果能找到這樣東西，就像是擁有了對方記憶的鑰匙。」

「那『路徑』又是什麼？」

「有了鑰匙，也需要知道儲存的位置才行，而人名、死亡的時間與地點，就是記憶的路徑。」

「所以物品是什麼很重要……」

「路徑通常不難找到，但鑰匙卻很難。若拿到的是不對的物件，就無法發現任何記憶。」游砻惟點點頭，接著又補充說明：「甚至，也有可能最後找到的記憶與你無關。」

「為什麼？」

「因為得以留下來的記憶片段，通常都是對往生者來說最珍貴的部分，但每個人心中最珍貴的事物並不相同。」

「意思是，我覺得對方重要，但對方並不一定有同樣感覺……」馬芙愷點點頭表示理解，思考幾秒後再問道：「那記憶的味道又是什麼？」

「那就是他的工作了。」游砻惟示意看了一眼曹學奕。

「手。」曹學奕將原本指腹上準備要塞進嘴巴的生核桃放回罐裡，秀出乾淨的雙手簡潔地說。

「他說的是『握住那把鑰匙的手』。」游莙惟嘆口氣再次解釋：「我們每個人都有屬於自己的味道，記憶也一樣，只是我們無法察覺，但這傢伙可以。他能夠找出每個人記憶的味道，只要再加以誘發，就能開啟記憶的盒子。」

「已經發生過的記憶不會消失，有時候只是遺留在某處而已，因此只需要將它找出來就可以。」曹學奕幽幽地說。

「這個應該可以。」馬芙愷從提包裡拿出一個牛皮紙袋，裡頭是一本書籍，輕薄的書本悉心地用書套包裹起來，看得出來極受呵護。

「《如何煮狼》……？」游莙惟默念起奇異的書名。

「這是費……她叫林如璦，這是她最珍惜的書，一定可以在裡頭找到回憶。」馬芙愷語氣肯定。

馬芙愷腦中閃過幾秒的畫面。五年前還是大學生的她在圖書館找《如何煮狼》一書，當她的手碰到書準備抽出書本時，另一隻手也剛好伸了過來要拿，那個人就是林如璦。她們相視而笑，互相禮讓，最後約定一個人先看再換另一個。那年她們交換的電話號碼，至今兩個人都沒有更換過。

「在委託成立之前，還有最後一個問題想要詢問。」游若惟沒有立刻收下書本，停頓幾秒後，開口問道：

「你為什麼想要尋找她的回憶？」

「我想知道她自殺的原因。」

「沒留下遺言？」

「只有社群媒體上當天簡單寫的一行字。」馬芙愷語氣充滿灰心。

游若惟看了身旁的曹學奕一眼，見他輕輕點了點頭，表示委託成立。

「你知道林小姐死亡的時間、地點嗎？」得到曹學奕的首肯後，游若惟繼續再問，並在紙上寫下名字與書籍資料。

「知道。」馬芙愷先深吸了口氣，接著依序說出了她所知道的訊息。

游若惟一一記下，最後將單子遞到馬芙愷面前。單子上面還羅列了一些規定。

「只要你簽了名，委託就成立了。」她說。「費用是花材費再加上人員出勤費，無論成功或失敗都要支付。」

馬芙愷接過單子低頭一看，上面寫著「記憶委託單」，毫不遲疑地簽上了自己的名字。

「謝謝光臨。」

馬芙愷前腳一踏出蔌薇花店，程博文立即貼到了游菪惟身旁，一臉傻乎乎地笑著。曹學奕則是直接走到工作台，整理起今天的花材。

「她來做什麼？」程博文語氣八卦。

「你不要看到正妹就這樣，當心我跟你女朋友說。」游菪惟一臉難以置信。

「才沒有咧，我心中只有我家有熙一個而已。」

「那你那麼關心她幹麼？」

「咦？你不知道她嗎？」程博文發出一聲驚呼，一臉不可思議。

「我應該要知道嗎？」

「她是 MFK 啊，是一個很紅的 YouTuber 啊，很受年輕人歡迎耶。」程博文一臉不可思議，邊說邊拿起手機搜尋起來。「你看。」

「大家好，我是 MFK，今天是很多人敲碗的單元，我要來開箱這個月便利商店的新品啦……」

游若惟看著螢幕，的確是馬芙愷沒錯。往下滑，看到頻道名稱是「MFK 開吃中」，訂閱人數有近五十萬人。

「嘖嘖，我還以為你是年輕人，原來是老頭啊。」程博文在旁邊露出洋洋得意的神情，啪——立即被游若惟拍了腦袋一下。

「這個看起來很好吃。」不知何時，曹學奕已經默默移到他們身後，邊嚼著生核桃邊說話。螢幕上 MFK 正津津有味地吃著一款巧克力核桃甜筒。

游若惟與程博文同時回頭看了他一眼，不予置評，又一起轉了回來。

「不過啊，她最近有一個爭議。」突然，程博文像是想起什麼這樣說道。

「什麼爭議？」

「前陣子有一個美食 YouTuber 自殺了。」程博文找出新聞報導。

游若惟露出略微驚訝的表情，看著新聞標題聳動地寫著「網紅『吃吧費雪』，疑遭霸凌自殺」。影片裡的年輕女生表情生動活潑，在一間充斥著粉紫色調的房間裡，大口吃著桌上的食物。
「她的自殺跟MFK有關？」她問。
「因為她們是大家都知道的敵對關係，特別是MFK的粉絲比較偏激，會去言語霸凌吃吧費雪。」程博文繼續解釋：「有好幾次她都因為被攻擊而情緒不穩，所以這次自殺大家才會覺得是因為MFK的關係。」
「知道吃吧費雪的本名嗎？」曹學奕冷不防問道。
「我查查喔……有了，叫『林如瑷』，怎麼了嗎？」
曹學奕與游莙惟兩人互看一眼，沒多說什麼。隨即曹學奕便轉身進入花店後方的房間。
「告訴我嘛、告訴我嘛……」程博文拉著游莙惟撒嬌。
「快去整理花。」游莙惟再次拍了一下他的後腦，督促他快去工作。
打發掉程博文後，游莙惟也進入後方房間，發現曹學奕正拿著《如何煮狼》若有所思。
「委託要取消嗎？」她問道。

「不用，照約定進行。」曹學奕卻果斷拒絕，眼睛直盯著手上的書。

深夜十一點。

一身黑的游莙惟緩緩踏入巷弄內，她一邊走一邊四處張望，像是在尋找什麼似的。某戶人家花盆邊出現一抹閃光，游莙惟立刻蹲下查看，是一只亮面材質的髮圈，她拿起手機拍了張照，打上今天的日期與發現地址、物品，接著上傳到社群媒體。

五月十三日。

台北市中山區光瑞街一七六號。

髮圈。

游莙惟經營著一個名叫「等待招領」的社群媒體，上頭都是她在城市各個角落所發現被遺失的物品，她會拍照記錄下來，希望這些東西的主人能夠因此發現而尋回，幾年來也的確收到一些感謝的回覆。只要有閒暇時間，游莙惟都會外出尋找。

「希望你的主人可以把你帶回家。」

游莙惟喃喃自語，抬起頭就看到了一身白的曹學奕在前面不遠處，正在街燈下津津有味地吃著核桃甜筒。

那是一棟位在中山區八層樓高的建築，白色的磁磚被路燈照得昏黃，幾叢盆栽綠蔭從陽台探了出來，很尋常的一戶人家。

兩人互相點了點頭，安靜地等待馬芙愷出現。

馬芙愷不是在馬路出現，而是從大樓裡出來，即使是夜色下她的皮膚依舊蒼白。

「七樓。」馬芙愷輕聲說著，眼睛瞄了一眼游莙惟手上的黑色工具箱沒多問，隨即領著他們乘電梯上樓。

叮——

抵達房間門口時，馬芙愷熟稔地走到其中一扇門，用鑰匙開了門。「我需要做些什麼嗎？」拉開門時，她這樣問著。

「不用，你可以選擇要在屋內或是外面等。」游著惟答道，身旁的曹學奕已經搶先進到屋內。

「我在外面等就好。」思考幾秒，最終馬芙愷選擇不進去。

「不需要很久。」游著惟點點頭說，接著也進入屋裡，隨即將門帶上。

一進門，視線就被滿眼的紫色給占滿，無論是牆面、被單、沙發或擺飾，都是以粉紫色調為主，有種暖洋洋的氣氛。這是一間約六坪大的套房，游著惟一眼就認出這是林如瑷拍攝影片的地方，書桌上一角還有一張她與馬芙愷的合照，相片中兩人親暱地笑著，這是影片拍攝不到的位置。

「準備好了？」游著惟問。

「嗯。」曹學奕環顧四周一圈，點了點頭。他隨手拉了一張椅子擺到房間的正中央坐下，隨即也將鞋子脫下，工整地擺在一旁，赤腳踩在房間地板上。接著，他照慣例解下綁在手臂上的白色絲布繞在眼睛上，手心交疊朝上擺置在丹田處。

游著惟見狀，立刻從提袋裡拿出《如何煮狼》，擺放在他的手掌之中。

曹學奕感受到掌心書本的觸感，他輕閉著雙眼，思緒開始漫遊，周圍空氣逐漸流動聚集，接著他深深吸了一口氣。幾秒之後，說出了這幾個字：

「紫玫瑰。」

「紫玫瑰。」游碧惟重複一次，快速地打開工具盒，玻璃試管在燈光下熠熠發光；她從中挑出一支試管，熟稔地將精油滴在曹學奕的蒙眼白布以及掌心的書上。

香味瞬間瀰漫開來，曹學奕鼻腔充滿著玫瑰的氣味，花香逐漸包裹住他的全身，眼前畫面像是潑墨般染上了層層的粉紫色，耳邊隱隱約約傳來年輕女子說話的聲音……一轉眼，曹學奕看到了一位女子正對著攝影機說話。

沙沙——沙沙——

「這款巧克力核桃甜筒不會過甜，也保有堅果的脆感，算是很爽口好吃。夏天最適合吃冰了，下次到便利商店，別忘了買一根來吃喔。以上就是今天的便利商店巧克力冰品單元，吃吧費雪下個月再見，拜拜。」林如璦快速地做完結語，並對鏡頭露出一個大大的燦笑，接著關掉攝影機。

下一秒，她拿起身旁的垃圾桶，將桌上沒吃完的食物統統掃進去，並對著裡面狂吐了起來，最後癱軟在沙發上。她拿起手機滑著「吃吧費雪」頻道下方的留言：

「這是抄襲吧，這個主題 MFK 不是上週才做？」

「你推薦的食物好難吃，味覺壞掉？」

「看到你的臉就不舒服……」

「喜歡費雪的影片。」

「喜歡一直抄襲的人？有沒有搞錯？」

林如璦看著這些負面留言，感到全身無力、眼神空洞，一陣疲倦襲來。她起身翻出抽屜裡的藥罐，倒了幾顆千憂解和著酒一口吞下肚，在沙發上昏昏沉沉睡了過去。

陽光從窗戶灑了進來，林如璦感到身體被曬得發熱，醒了過來。看了時間已經是下午一點，同時還有十來通未接來電與訊息。她從沙發上跳起來，迅速盥洗之後，花了點時間打扮，接著匆忙出門。

嘟……嘟……在路上她撥了電話給馬芙愷。

「終於回電了，又睡著？」馬芙愷在電話那頭這樣說，語氣微慍。

「拍完片精疲力盡嘛……」林如璦語氣一派輕鬆，臉帶笑容。

「拍攝完這個月新品介紹了？」

「對，一鼓作氣完成啦，放心。」林如璦快步走向大馬路打算招計程車。

「很好，那趕緊剪一剪上傳。」

「明天會剪。」聞言林如璦收起了笑容。

「明天？」馬芙愷語氣疑惑，又說：「現在才下午兩點。」

「今天……今天沒剪片的心情啦。」林如璦語氣閃躲模糊。

「你……」馬芙愷停頓幾秒後說：「你是不是又去看留言了？」

林如璦沉默不語。

「不是說好不要去理他們的留言嗎？」

「訊息通知會跳出來，忍不住嘛……」

「關掉通知，馬上。」馬芙愷命令著。

「好啦、好啦，我等一下就關。」林如璦笑著回她：「聽到你的聲音，我就會很開心啦。」

「少轉移話題，所以你昨晚是因為吃了藥，才會睡到不醒人事？」

「嗯。」林如璦沒否認。

「每次看完留言就要吃藥才能睡，這樣不是辦法……」

「你的聲音就是我的良藥，不然你每晚睡前說故事給我聽？」

「我是認真的。」

「……我也是認真的。」林如璦用幾乎沒人聽得到的音量說著，隨即再度開口，語氣有點無助：「我有點受不了了，停止好不好？」

「不行！」馬芙愷果斷拒絕，隨即又軟化語氣。「再撐一下、一下就好嘛，為了未來的日子著想，再一下就好。」

未來……？

「喔，好吧……」林如璦腦中思索著畫面。

「記得馬上關掉通知，知道嗎？」

「我知道、我知道，我等下就關留言通知，好不好？」林如璦邊說邊伸手招了計程車。「不說了，晚上見。」

「晚上見。」

「拜拜。」林如璦掛掉電話，跳上計程車。

計程車來到河岸邊，在一個房屋預售中心門口停下來。這一區是新規劃的住宅重劃區，此時眼前還是一片片的空地與好幾棟正在興建中的大樓，雖然現在還人煙稀少，但可以預期幾年後的繁榮景象。

「您好，歡迎蒞臨美景市。」一進門，沁涼的冷氣襲來，寬敞明亮的大廳氣派不已，笑容可掬的接待人員也立刻迎上來。「請問小姐來賞屋的嗎？」

「是的。」林如璦點點頭，馬上就被領到旁邊的小桌招待，咖啡果汁與點心也隨即送了上來。

「您好，我是建案代銷人員葉玫琳。」她邊說邊遞出一張名片，接著又問：「怎麼稱呼您呢？」

「我姓林，可以叫我費雪。」林如璦邊說邊接下名片，仔細看著上面的名字。

「費雪，請問想找怎麼樣的房子呢？」

「嗯……我不太懂房子……」林如璦如實回答。

「沒關係，例如想找幾房、坪數等等，每個人的需求不一樣。」葉玫琳依舊甜美地笑著。

「那個……兩房，不對，三房，三房好了。」

「不然，我先幫你介紹一下我們的特色與房型好了，或許你會比較有想法。」看出林如璦的猶疑，葉玫琳耐心地說明，同時拿出型錄開始介紹：「我們是得過獎的建設公司，採用的都是品質很好的建材與設備，最大的特色是我們強調有面向淡水河的景觀……」

葉玫琳解說完之後，領著林如璦觀看建案的模型，凝望周遭景物，午後的陽光灑下，遠處的綠草地閃爍著光芒，林如璦腦中浮現了家的樣子，幾乎可以想像黃昏時遠眺淡水河面波光粼粼的景象，不由得心生嚮往。

步出預售中心的時候，林如璦轉頭向送自己到門口的葉玫琳道了謝，小心翼翼將名片收在皮夾中，跳上計程車離開。

林如璦在一家法式餐廳前下了車。

「這裡、這裡。」馬芙愷已經在餐廳門口等待，看見林如璦下車笑著招手。

「怎麼不進去等？」林如璦問，立刻親暱地勾著她的手。

「想說在門口等你，才有儀式感。」馬芙愷笑說。

「盛裝打扮喔。」林如璦看著她的裝扮，誇獎著。

「新買的洋裝，是你喜歡的顏色，美不美？」馬芙愷立即起身左右旋轉。

「很美，在我眼中你穿什麼都好看。」林如璦真心讚美著，隨即嘟起嘴作勢想要親吻她。

「幹麼幹麼幹麼……肉麻兮兮的。」馬芙愷趕緊躲開，接著說：「我餓死了，快進去點餐啦！」

「是不是應該點瓶酒？」入座後，林如璦翻著菜單突然提議。

「你什麼時候喜歡喝酒了？」馬芙愷疑惑地反問。

「是為了……慶祝我們認識這麼久啊。」林如璦趕緊改口。

「四年？」

「五年啦，上週不是才說過。」

「對啦、對啦，是五年。」馬芙愷拍了一下自己額頭。「是該點酒來慶祝。」隨手招來服務生點餐。

「對不起，有件事我要先跟你坦誠……」用餐時，馬芙愷突然雙手合十，一臉認真地說。

「怎麼了？」

「就是啊……我知道約好要送禮物，但我忘了，真的太忙了，不好意思啦。我下次補給你，好不好？」馬芙愷表情誠懇。

「這個啊，」林如璦聽聞後，收起原本放在提包裡的禮物盒，神情刻意表現得一臉輕鬆地說：「沒關係啦，有要送禮物？我也忘了。那我也下次一起補送好了。」

「什麼嘛，你也忘了？害我還這麼內疚，不過我很大方，原諒你。」馬芙愷鬆了一口氣，開玩笑地說。

「那還真謝謝你的原諒喔。」

「不客氣啦。」馬芙愷笑回，接著舉起酒杯說：「預祝下一個五年。」

「預祝下一個五年。」林如璦笑容滿溢。

「天啊，下一個五年我不就超過三十歲了，好恐怖……」馬芙愷誇張地說，一邊對著酒杯仔細觀看自己的臉。「皺紋、皺紋，以後我要注意表情不要太誇張。」

「我也會有皺紋啊，哪有關係。」

「你有你的，我可不要。」馬芙愷搖搖食指說不。

「反正我會陪你，不用擔心啦。」林如璦語氣誠懇。

「不管幾歲都要美才行啦。」

「下一個五年。」林如璦再次舉起酒杯，淺黃色的液體映照著兩個人的笑臉。

鏘——預約下一個五年。

林如璦再次被太陽給曬醒。

她感到頭有點疼痛，揉揉惺忪的雙眼，看到桌上的酒瓶與藥罐子，知道自己又昏睡過去了。看了時間，已經是下午三點。手機有數則訊息通知。

昨晚怎麼到家的？她有點忘了，最後的印象是自己跟馬芙愷在慶祝下一個五年，還有她說忘了準備禮物一事。

禮物……林如璦想到這突然跳了起來，她翻開提包，從裡面找到一個綁著紅絲帶的小紙盒，解開絲帶，盯著盒內一朵用紙摺疊而成的玫瑰花，愣愣地發著呆。

叮叮——

「醒了沒，大懶豬？別忘了今天要上片喔。」手機傳來訊息，是馬芙愷傳來的。

「遵命♡」林如璦深深吐了一口氣，用力揉了揉太陽穴，簡短回了訊息後，翻出家裡的止痛藥配著酒吞了幾顆，隨手將禮物丟在桌上，起身去盥洗。

從浴室出來，終於清醒的林如璦嗅到一股難聞的氣味瀰漫在屋內，像是食物腐壞的味道……啊，昨天拍片的食物！她猛然想起，趕緊打開窗戶、打包垃圾袋，接著拿起香水對著室內一陣狂噴，然後又癱懶在沙發上發呆。

「啊！」隨即她又想起馬芙愷的叮嚀，於是立刻坐在電腦桌前，拍了拍臉頰給自己打氣，打算一鼓作氣把片子剪完。

明亮的光線逐漸變換為蛋黃般濃郁色調，再轉成日夜交接的深藍色，最後漆黑。林如璦沉浸在剪片當中，渾然沒有察覺到時間的流逝，一埋頭工作就是四、五個小時，終於在晚上八點完成剪片，按下「轉檔」鍵後，終於鬆一口氣。

比起拍片，其實她更享受剪片子。每週的影片更新讓她有點吃不消。

「剪完啦，轉完檔就上傳♡」林如璦傳了訊息給馬芙愷，雙手向後長長延伸出去活絡筋骨，此時她終於感覺到肚子餓，才意識到自己整天都沒有進食。

「♡」馬芙愷簡短回了一個愛心符號。

林如璦翻了冰箱，隨便找了點東西果腹，頭還是有點痛，她又吞了幾顆止痛藥。

噹噹——電腦傳來轉檔完成的提示聲，在按下「發布鍵」後，她起身拎起垃圾前往地下室的垃圾集中區。等待電梯的空檔，她看著鬆垮垮的垃圾袋，覺得它看起來很傷心。

「憂鬱的垃圾袋。」林如璦喃喃自語，用手機隨手拍了一張相片。

再回到房間時，影片已經上傳完成，標題上寫著：六月便利商店新品試吃，發布時間是深夜十一點三十分。

「上傳完成♡」林如璦立刻傳了訊息告知馬芙愷，接著又拿起禮物盒裡的紙玫瑰端看，透過房間擺設的折射，呈現出淡淡的紫色光芒。

叮叮——

原以為是馬芙愷的回訊，一看發現是「吃吧費雪」頻道的留言通知，林如璦點開留言區，惡意的批評再次排山倒海而來：

「又是抄襲MFK？能有點自己的創意嗎？」

「關掉頻道、關掉頻道、關掉頻道、關掉頻道、關掉頻道……」

「同樣的食物，你介紹的看起來就特別難吃……」

「不喜歡不要看，支持費雪。」

「她就是不要臉的抄襲鬼！」

「期待費雪下個月新品介紹。」

「只會抄襲的影片，有什麼好期待的？」

就連私訊裡也充斥著各式各樣的謾罵，林如璦覺得眼前一片昏花、心情鬱悶，此刻不只是頭痛欲裂，連胃都痛了起來。

她順手將禮物盒擺進抽屜深處，在吃了幾顆千憂解後，又翻出家裡僅剩的止痛藥，胡亂抓了一些往嘴裡塞，接著大口灌了幾口酒一起吞了下去。

「如果人生也可以像它們一樣說丟就丟多好。」

林如璦點出手機裡剛剛拍的那張垃圾袋相片，寫了簡短一行字後，分享在私人的社群媒體。

她感覺意識逐漸模糊，全身輕飄飄的，壓在頭上與心上的重量都不見了……漸漸昏睡了過去。曹學奕所見事物跟著林如璦的意識逐漸朦朧，在畫面消失前，瞬間他的眼前又閃過一段段細碎的記憶：

「書是我先拿到的。」兩人初遇時，不約而同伸手取下同一本書的畫面。

「希望將來能夠賺大錢。」一起慶祝生日，許願未來實現夢想的畫面。

「我們開始拍影片吧！」畢業前，立志要成為有名 YouTuber 的豪語。

「哈啾～～」一起去旅行，途中卻重感冒只能待在飯店的畫面。

以及兩個人沒有說話，她輕輕將頭倚靠在馬芺愷肩上一起坐在草地上看夕陽的畫面……周圍祥和寧靜，火紅的太陽緩緩朝地平面落下，遠方的房子成了一張張的剪影圖片。

沙沙——沙沙——

微風吹拂著草原成波浪，發出窸窸窣窣的細微聲響，肌膚能感受到它們像搔癢般地輕輕摩擦著自己。

沙沙——沙沙——

沙沙——

曹學奕感受到一陣風吹過自己的髮梢，畫面轉暗，鼻腔裡的玫瑰花香消失，他打了一個嗝，回到了現實。

游莙惟見狀趕緊收起《如何煮狼》，並協助解下曹學奕臉上的絲布。

「有看到？」她問。

「嗯。」曹學奕簡單應答著，隨即起身翻出林如璦的皮夾，從裡頭抽出一張名片；接著打開桌子抽屜，拿出裡頭的一個禮物盒說道：「這些。」

游碁惟點了點頭，打開門正準備呼喊門外的馬芙愷，卻發現門外沒有人影。檢查手機，發現她傳了訊息過來：

「對不起，臨時有事離開。我明天下午會去花店。」

曹學奕看了訊息沒多說一句，仔細收好禮物盒與名片。

叮咚——門口傳來電鈴聲。

「應該是寶貝文文來了。」游碁惟笑說，打開門果然是程博文在外頭，他的手上拿著一束紫色玫瑰。

「深夜快遞要加錢喔。」程博文嘻嘻哈哈。

「月結。」游碁惟接下花束，打發他快走。「很晚了，快回去。」

「遵命。」程博文行了個舉手禮也沒多問，蹦蹦跳跳地離開。

游碁惟從花束裡取下一瓣花瓣，連同記憶委託單一起放進一支空試管裡收好，最後照慣例將玫瑰花擺在房間地板中央處。

兩個人深深一鞠躬後，轉身離開房間。

隔日，曹學奕反常地一直到午後才進花店。

「今天不是回診日，也不是摩天輪日啊？難得遲到耶你。」一進門，游若惟就立刻虧他，也不忘送上生核桃與黑咖啡。

「歸檔了？」曹學奕沒搭她的話題，只是往嘴裡丟了一顆生核桃，隨口問道。

「我辦事你放心啦。」游若惟拍拍胸脯。

他點點頭，隨即進到後面的房間。

「歸什麼檔？」程博文立刻貼過來好奇地問著。

「沒你的事、沒你的事，」游若惟用力拍了他的額頭又說：「好奇寶寶。」

「好痛！」程博文摀著額頭說：「你們好神祕，常常叫我送花到莫名其妙的地方，昨晚也是，都不告訴我。」

「你乖，有天會讓你知道，時間還沒到。」游若惟安撫著，隨即掏出一支棒棒糖。「好孩子獎勵。」

「今天也有，我出運啦。」程博文開心地手舞足蹈。

叮鈴鈴——

「歡迎光臨菽薇花店。」有客人上門，兩人不約而同叫喊出聲。

進門的是馬芙愷。

游若惟朝她點點頭，直接領她進入花店後方的會晤室。溫度還是很低、周圍仍是充滿著各式各樣的花朵。

兩人坐下沒多久，曹學奕也由另一扇門出來，手上拿著《如何煮狼》以及昨晚在林如嫚房內拿到的兩件物品，靜默地坐在另一張椅子上。

「委託結束了，物歸原主。」游若惟率先將《如何煮狼》歸還給馬芙愷。

「成……成功了嗎？」馬芙愷收下書籍，急急地問：「有看到費雪嗎？」

「有。」曹學奕緩慢地點了點頭。

聽到曹學奕的回答，馬芙愷趕緊再追問：「她還好嗎？」

「她已經是往生的人了。」馬芙愷的問題讓游菪惟皺起了眉頭。有時會遇到客戶有這樣的提問，似乎是把往生者當成了還活著的人，或是誤以為能看到他們死後的生活。

「我知道，我的意思是……」馬芙愷試圖想要解釋。

「她很好。」曹學奕突然插嘴回答道。

「嗚……嗚……」馬芙愷聞言立刻就紅了眼眶。

「我想……」停頓了幾秒思考後，曹學奕才又開口：「她很愛你。」

馬芙愷聞言抬起頭一臉驚訝地看著他，一旁的游菪惟也突然屏住呼吸。

「早上我去了這裡，」曹學奕將名片遞出，接著說：「我去見了建案代銷人員葉玫琳小姐。」

稍早，曹學奕順著名片上的地址，來到了美景市預售屋中心。

「您好，請問先生賞屋嗎？」葉玫琳滿臉親切，並遞上名片。

「我不是來看房子的。」曹學奕雙手依舊擺在大腿旁沒有收下名片的打算，葉玫琳一臉尷尬，最後只好訕訕地收回。

「那請問您來的目的是……？」

「你記得這個人嗎？」曹學奕秀出手機上「吃吧費雪」頻道的影片。

「啊，有，記得、記得，」葉玫琳發出一聲驚呼，仔細端詳著影片裡的人。「很年輕的一個女生，因為看房很少有年紀這麼小的客人，所以印象深刻。原來她是YouTuber喔，好厲害。」

「你知道這是什麼嗎？」曹學奕拿出禮物盒，展示著裡頭的紙摺玫瑰花。

「用紅單折的玫瑰花？」葉玫琳看著紙玫瑰，一眼就認出。

「紅單？」

「就是『購屋買賣預約單』。」葉玫琳解釋道：「那天她跟我預訂了一間預售屋，後來就聯絡不上她了，也不知道怎麼了？」

「她死了。」曹學奕口氣平淡地回答她的問題。

「天啊……」葉玫琳雙手摀嘴，滿臉驚訝。「這麼年輕耶……」

「死亡跟年紀沒有關係。」曹學奕還是一派平靜。

「那你是她的親屬？是來幫她處理款項事宜的嗎？」

「不，」曹學奕遲疑幾秒回答：「她也是我的客戶，請問那天你們談了什麼？」

「那天啊……」葉玫琳沉思道，腦中開始回想當天的畫面：「我記得那天很晴朗，天氣就跟今天一樣好……」

曹學奕視線穿過接待中心的大片落地窗，看到外頭成片的綠蔭與藍天、施工中的一棟棟灰色大樓……當時林如璦也是看著這片景色吧。

「這個是她在慶祝五週年那天，原本預計要給你的禮物。」曹學奕將思緒拉回現在，將桌上的禮物盒推了出去。

「但她不是說忘了準備禮物嗎？這是……」馬芙愷接過後打開，一臉疑惑。

「這是用購屋買賣預約單摺成的玫瑰花。」曹學奕解釋道，一旁的游著惟也驚訝不已。

「為什麼……」

「『我想把房子與另一個人共同登記，可以嗎？』」曹學奕接著敘述：「葉玫琳小姐說，當時費雪特地問了她這個問題。」

「啊！」馬芙愷發出驚叫，摀住嘴巴，淚水忍不住潰堤。

「費雪沒有自殺，她一直夢想著未來可以有一個屬於你們的家。」曹學奕頓了頓。「她是不小心服用多種藥物過量死亡的。」

馬芙愷聞言啜泣得更加厲害。「費雪……嗚……嗚……」

游菪惟遞出衛生紙。

「我不知道事情為什麼會變這樣……嗚……」馬芙愷用力擦拭著淚水。「她早就說過不想再拍片了，是我一直要她再撐一下，等我們賺多一點錢，就可以過想過的生活了。早知道就不要勉強她了，嗚……」

「那些酸民的攻擊是你設計的？」游菪惟好奇地詢問。

「不是，」馬芙愷搖了搖頭說：「事情也不知道是怎麼開始的，可能我們兩人出道的時間點剛好一樣、頻道內容也接近，所以不知不覺就被拿來比較，有一天就突然變成粉絲口中敵對的關係。」

「為什麼不制止？」

「一開始有，但很難……後來發現越是吵，聲量就跟著越大，最後就默許他們發生了。」馬芙愷擦著眼淚。「所以我一直叫費雪不要去看留言……我知道她正在治療憂鬱症，但不知道這麼嚴重，我以為沒事的……嗚……」

游莙惟拍了拍她的背安慰。

「是我害了她……」馬芙愷掩面哭泣。

「費雪不會這樣想，」看著顫抖不已的馬芙愷，曹學奕緩緩說：「在她的記憶中，只要是在你身旁，她都會洋溢著幸福的表情。」

馬芙愷抬起淚眼看著曹學奕。

「你是她最珍貴的記憶。」曹學奕語氣肯定。

「其實，昨天是費雪的生日。」馬芙愷這樣說，心情稍微平復。「我們本來約好要一起過的，但因為她走了，所以我也沒有過的理由。」

馬芙愷解答了昨晚突然消失的原因。

「但昨晚快十二點時，我後悔了，還是去買了一個小蛋糕幫她慶祝……我仍然想要記得她的所有。」馬芙愷手中緊握著禮物盒，誠摯地對兩人道謝：「謝謝，很謝謝你們，讓我能知道這些。」

「你是我們的客人。」曹學奕又潑了冷水。

「哈哈哈哈，他是說，能夠幫助到你很開心。」游蒈惟趕緊打圓場。

馬芙愷微微一笑，對曹學奕的話語並不在意。成為 YouTuber 以來，對於惡與善有了不一樣的理解。有的人表面冷漠實則是體貼，而有的則相反。

「我覺得你們不是尋找記憶的人……」臨別前，馬芙愷突然轉過頭這樣說：「而是修理記憶的人。」

「修理記憶？」

「其實這裡是一間記憶花店，你們並不是去尋找死去的人的記憶，而是幫活著的人修理記憶。」馬芙愷看著滿室花卉的菽薇花店，神情溫柔地說道：「你們替像我這些還沉浸在過去的人，添加上新的記憶，就像是將壞掉的記憶給重新調整修理了，讓時間可以繼續進行。」

淚水會侵蝕心臟與大腦，長時間傷著心會模糊時間。若在記憶崩壞的時候，添加上好的，便能滋養出新的花朵。

「我喜歡這個說法。」曹學奕難得露出微笑。游碁惟則像是看到什麼怪物似的，望著他臉上奇怪的表情。

「真的很謝謝你們。」最後馬芙愷深深鞠躬，步出花店。

「謝謝光臨。」

待馬芙愷一離開，曹學奕馬上換回一貫的冷漠表情。

「還是這樣比較適合你，剛剛好不舒服。」游碁惟一想到就不禁打了個冷顫。

曹學奕只是瞪了她一眼。

「你什麼時候發現她們是情侶的？」游碁惟接著提出剛剛一直冒出的疑問：「早在昨晚之前，對吧？」

曹學奕眼神閃過一絲欽佩的神情，隨即從背包裡拿出一本書。

「《如何煮狼》？你怎麼……」

「我上網買的。」曹學奕補充，接著他指了指封面上的一行小字——作者：M.F.K. 費雪。

「啊！是她們兩個人的名字……」游菪惟不由得佩服起他的觀察力。

「今天送到的花，麻煩你處理嚕。」曹學奕點點頭沒有否認，只是交代了一句。接著他抓起一把生核桃往嘴裡塞，悠哉地進入店後方房間，留下原地還沒反應過來的游菪惟。

一週後，兒童遊樂園。

上午八點五十分，仍舊是穿著一身白的曹學奕提早在園區開始營業前，就先抵達門口，現場已經有三三兩兩的家長帶著孩子也在等待遊樂園開門，周遭鬧哄哄的，一片歡樂的景象。

曹學奕戴上耳機，把音量調大，趁開門前的空檔，點開游菪惟傳來的連結，是馬芙愷的最新影片，影片名稱是〈遲來的告白，我與費雪的故事〉。

「嗨，大家好，我是MFK，今天不吃東西，想要和大家聊聊我自己，以及我跟費雪。」影片裡的馬芙愷不若平常拍片時的情緒高昂，雖然看起來略顯緊張，但語調平靜、表情柔和，她接著說：「其實，我跟費雪是情侶。」

馬芙愷突如其來的告白讓曹學奕略微驚訝，但同時又覺得可以理解。

「你們是幫活著的人修理記憶的人。」他想起了當天馬芙愷說的話。

有時候傷心是沒有根的。它們輕飄飄的，看似毫無重量，卻終日在你的身旁繞，每每想起，就像是流沙一樣拖著你往下沉。不告而別的他、來不及道別的她……被留下的人，感覺這輩子都會是在等待他們欠的那一句「再見」。

自從開始幫人尋找死者的記憶以來，曹學奕看過許多的傷心，也才明白了一件事：原來傷心都是一樣的，沒有誰的傷心比較多。傷心裡頭不會有其他的東西，無論怎麼翻攪，都只是傷心，只有傷心。

而他的工作，其實是替死者說完那句未完成的「再見」。

待生者收下那句「再見」之後，記憶就能被重整、人生得以繼續。不一定是癒合傷心，有些傷是一輩子的事，但至少能夠給予得以好好活著的人一些支撐。

看著馬芙愷的影片，曹學奕眼神不由得露出一絲溫柔。

突然前方傳來一陣騷動，兒童遊樂園已經開園，人潮紛紛朝著門口前進。

曹學奕關掉影片，跟著加入長長的排隊人龍當中。進園後，他熟稔地直接前往摩天輪所在位置。遠遠看，巨大的摩天輪就像是一朵綻放的七彩花，而一個個包廂則像是它的花瓣。

獨自一人搭上摩天輪包廂後，曹學奕隨即脫掉鞋子，讓腳掌貼合在底板上，接著將預先放在背包裡的珠寶盒置於膝上，解下手臂上的白色絲布蒙上眼睛，最後手心朝上擺在丹田處捧著珠寶盒。

摩天輪緩慢地旋轉著，包廂也跟著輕輕晃動，曹學奕閉上眼睛，努力感受著周圍的空氣流動，等待它們的變化。

他的腦海閃過遊樂場的畫面、吃掉一半的棉花糖，散落滿地的爆米花、孩童的模糊身影，隱約還可見到母親的輪廓……以及濃烈的紅色。紅色向他直衝而來，伴隨著一聲尖叫：「啊——」

曹學奕用力閉著雙眼，努力搜索著記憶的蛛絲馬跡。

啊——尖叫聲越來越近。

曹學奕臉色蒼白，手指關節因為過度用力而僵硬顫抖。

啊——尖叫聲就在耳邊。

曹學奕猛地睜開眼睛，豆大的汗滴從額頭滑落，解下絲布。「又失敗了。」他喃喃自語道。

自從知道自己擁有可以讀取亡者記憶的能力之後，每一個月他都會定時到兒童樂園的摩天輪報到，已經持續了近三年的時間。每一次他都會帶上一件母親的遺物：手鍊、耳環、衣服，甚至是她與父親的結婚證書，希望可以藉此找到她的部分記憶，但卻從來沒有成功過。他無法嗅到屬於母親記憶的味道。

母親是在這座遊樂場意外身亡的。

當時曹學奕只有六歲，任憑他怎麼拼湊，都無法完整那天的記憶。醫生說是創傷症候群，人們會自動刪去傷心的記憶。

曹學奕嘆了口氣，步下摩天輪。離開的時候他沒有回頭看。

NO.03／

傍晚
頂樓見

「CT片看起來腦部沒有問題。」陳明彥醫師看著電腦螢幕這樣說，面帶著一抹微笑。

曹學奕露出放心的神情。

雖然不止一次被醫師說過：「你很健康，不用過於擔心。」但因為無法預期的頭痛狀況，他還是養成了定期到醫院做腦部電腦斷層掃描的習慣。

狹小的診療間潔白明亮，由於過度井然有序，猛一看像是刻意設置的電影場景。多數都是文件資料，唯一明顯的私人物品只有桌上一張相片，那是青春時期的陳明彥醫師與父親的合照。

「有時還是會頭疼？」

「吃了生核桃會改善一點。」

「不過從CT片看來你的確很健康。」陳明彥再次瞄了一眼電腦螢幕確認，又看著曹學奕笑說：「每次見到你，都是一身白，有時候我都覺得你比我更像醫師。」

「我是開花店的。」

「我知道。」

「謝謝醫師，下次見。」曹學奕一邊道謝，一邊起身離開。

推開診間的門，一股刺鼻的藥水味襲來，候診區滿滿都是等待看診的人，靜止不動的人群與行色匆匆的醫護人員，畫面有種不協調感，像是壞掉的影像。曹學奕忍不住這樣想。

步出醫院大門時，曹學奕習慣性地丟了幾顆生核桃進嘴巴，突然一輛救護車疾駛過來，救護人員推著渾身是血的女子快步往急診室方向去，後頭跟著一位神色焦急且沾滿血跡的男子。

「老婆，撐著點，我們到醫院了。」男子緊跟著擔架安撫著上頭的孕婦，說話口音有點不一樣。

孕婦？曹學奕好奇地多看了一眼。

薪薇花店門口。

一邊走路一邊沉浸在自己思緒中的曹學奕，突然感覺有道陰影在眼前揮啊揮，抬頭一看，發現是楊顯岳。

「好久不見了。」楊顯岳用手語比出要說的話。

「您最近好嗎？送花來？」曹學奕邊說話邊比著手語。

年約六十的楊顯岳是花店配合的花農之一，是一名聽語障人，為人敦厚和善，定期會送花過來店裡。為了能跟楊伯伯更順暢溝通，曹學奕特地去學了一些簡單的手語搭配唇語。

「對，正要走。」楊顯岳一臉開朗。

「要不要休息一下？我請您喝杯茶。」

「不了，趕時間，司機還在等我。」楊顯岳笑著搖搖手拒絕，繼續用手語說：「下次。」

「下次。」曹學奕笑著點頭應答，揮手道再見：「幫我跟楊阿姨問好。」

楊顯岳笑著點點頭。

叮鈴鈴——

步入花店，游萶惟與程博文正在整理剛剛送來的花材，兩人有說有笑，含苞的花束散落在大大的工作桌上，像是深綠色的濃蔭草地，散發出清香。

「你來啦，楊伯伯剛走。」今天同樣一身黑的游萶惟見到曹學奕進門招呼道。

「在門口有遇到。」曹學奕放下背包、套上圍裙，也開始整理花材。

「剛去醫院？」

「醫師怎麼說？」

「很健康。」

「很好。」

曹學奕點點頭，他拿起花剪，細心地將接近花莖底部的枝葉剪掉，並挑去破損枯萎的花瓣，最後在莖部剪出一道斜口。

游萶惟與程博文在一旁嘰嘰喳喳聊著天，他一點都插不上話。

「今天花的品質是不是參差不齊？」曹學奕拿起另一朵花，突然問道。

「有部分花苞狀況比較差，但摘掉破損的花瓣跟葉子就好，問題不大。」游萶惟語氣雲淡風輕。

曹學奕沒答話，只是仔細端詳著花。

「楊伯伯的花已經很棒了。」程博文見狀插嘴。

「對啊、對啊，你快去準備訂單的花束，這個我們來啦。」游萿惟邊說邊推著他離開。

曹學奕聞言仍持續盯著手上的花，好半晌，才順從地放下，緩步走向櫃檯。看著他的動作，游萿惟與程博文都覺得好笑。

曹學奕拿起訂單一一默念著花束上頭的名字：「晨曦、美好的你、慶祝的日子……」思考幾秒後，他先挑了數張白色與淺藍色漸層的包裝紙攤在工作桌上，接著開始在店裡的各個角落挑選花材：大理花、大飛燕、白桔梗、小手球……

他的動作流暢優雅——先是去除花莖上多餘的葉子，接著將花莖一一握在手上並做出螺旋花腳，再次調整花朵的層次，然後用麻繩捆綁住再剪齊花腳，最後則是製作水袋與包裝。

這是菽薇花店的日常，也是曹學奕的日常。

旋轉花束的時候，花瓣與綠葉輕輕顫動，陣陣的芬芳隨之在空氣中飄散開來，這是曹學奕最喜歡的時刻——因為讓他想起了母親。他盯著剛完成的花束端看，露出一抹滿意的微笑。

菽薇是曹學奕母親的名字。

這間花店原本是母親生前所經營，從小他就在花店裡長大，對母親的印象最深的也是香味，只要靠近她身邊就能聞到花卉的香氣瀰漫，曹學奕總是「花仙子、花仙子」的喊著母親，而母親也總是笑著回他：「你是我的小天使。」

母親死後，父親即使不諳花藝，但捨不得妻子一手辛苦創立的花店收掉，因此找了原本的店員協助經營。可過沒多久，最終仍是以關店收場。

結束營業的那天，仍在就讀小學的曹學奕用小小的身體擋住店門口，不讓工人搬走裡頭的花。這間花店是他與母親的記憶最深的連結，也是收納自己思念與記憶的去處。即使是後來母親去世了，但每回只要曹學奕消失不見，父親總是可以在花店裡找到他。

直到二十六歲那年遇到了游莙惟，同時也意外發現自己能夠聞到記憶的香味後，才決定在母親花店的原址新開一家以母親名字為店名的花店。

「曹學奕。」

這是三年多前他們見面時，游萵惟所說的第一句話。當時是在人來人往的街頭，錯身而過時，她喊住了他，語氣肯定。

曹學奕一臉疑惑地看著眼前陌生的女子，不發一語。

「你是曹學奕對吧？」游萵惟邊說邊指了指自己，神情興奮。「我是游萵惟啊，游萵惟。」

曹學奕微微皺了眉頭，在腦海中搜尋這個名字。

「你不記得我了？我是你小學同學啊，就坐在你的斜前方。」游萵惟邊說，邊作勢轉身讓曹學奕看自己的背影。「這個背影，記得嗎？」

曹學奕仍是不發一語盯著游萵惟看，接著便想轉身離開。

「喂，曹……」游萵惟直覺反應拉住了曹學奕的手臂。

「不要碰……」曹學奕則是本能地想要甩開游萵惟的手，但隨即一陣她身上的香味飄來，他的腦中閃過了遊樂園的畫面與喧囂的聲音。劇烈的刺痛直鑽曹學奕的腦門，他頭痛欲裂，抱著頭蹲在人行道上低聲哀號：「啊——」

「你怎麼了？還好嗎？」游莙惟見狀立刻趨前關心，但是才一靠近，就被曹學奕大聲喝止。

「不要靠近我！」

摩天輪、爆米花、棉花糖……這些畫面一一閃過曹學奕的腦海，他只能抱著頭等待疼痛感消退。

終於在幾分鐘後，頭痛減緩了，曹學奕才緩緩站起身。游莙惟見狀再次試圖想要靠近幫忙，隨即又被他一個阻擋的手勢制止。

今天是怎麼了？他偶爾會作小時候與母親一起去遊樂場的夢，但從來沒有在白天出現，畫面也不曾這麼多，更不會伴隨著頭痛，發生了什麼事？曹學奕百思不得其解，今天和往常沒有不同啊，只除了……曹學奕轉過頭看著游莙惟。

「幹麼這樣看著我？」游莙惟被看得慌張，連忙解釋：「我又沒做什麼。」

「沒做什麼？那為什麼你一拉住我，我就頭痛？」曹學奕瞪著她。

「你是說我的手有毒？怎麼可能？」游碁惟舉起自己雙手，仔細端詳。「看起來很正常啊，怎麼可能是我手的關係？」語畢，又伸手觸碰了曹學奕的手臂。

「不要碰我……」曹學奕想閃躲卻反應不及，接著直覺地抱著頭，等待下一波頭痛來臨。

一秒、兩秒、三秒……沒事？曹學奕感到驚訝。

「你看吧，就說我的手沒毒吧。」游碁惟特地將雙手伸到曹學奕眼前晃了晃，以示清白。

一陣香味飄來。

「啊——又來了！」曹學奕再次感到頭痛欲裂，抱住頭蹲下。

游碁惟被他的反應嚇到，但想靠近也不敢。她再次看了看自己的手，不會真的有毒吧？接著游碁惟用手摸了自己的手臂、臉、身體、腿……都沒事啊，她一臉疑惑又驚恐，不知所措。

「是味道，你身上的香水味？」曹學奕抱著頭發出悶悶的話語。

「香水？我沒噴香水啊！」游碁惟一臉疑惑，舉起手臂嗅了嗅，果然一股香味襲來，才想起剛才在騎樓上遇到了香水銷售人員，對方朝自己的手腕噴了香水，游若惟連忙道歉邊拿出濕紙巾擦拭。「對不起、對不起，我不知道你會對香水過敏，我趕緊擦掉。」

曹學奕不發一語地看著游若惟手忙腳亂的模樣，感到納悶——他對香水不會過敏啊，至少今天之前不會。

一位穿著入時的女性經過，身上跟著飄出一陣香味，曹學奕睜大眼睛等待頭痛再次襲來……卻發現這次沒事，身體沒有任何不舒服的感受產生，難道不是香水的關係？他納悶著，隨即想到一個可能：他不是對所有香水有反應，而是只對特定的某一款香水有。

「你噴的是哪個牌子的香水？」想通後，曹學奕抓著游若惟質問。

「我不知道，是路邊的香水銷售人員……」游若惟被他突如其來的舉動嚇到。

「在哪？帶我去。」

他們趕到了方才試香的位置，銷售人員已經不知去向。

「怎麼辦？」游若惟一臉苦惱。

「給我你的電話號碼。」曹學奕平靜地說。

「咦？……好……」雖然感到困惑，但游菪惟仍報上自己的電話。

鈴——鈴——隨即她的電話響了，上頭顯示著陌生的號碼。

「這是我的電話號碼，要是你發現了那款香水的牌子，跟我說。」電話那頭傳來曹學奕冷靜的聲音。

「好。」游菪惟抬起頭看著眼前離去的男子，愣愣地點了點頭。

自那天之後，就像是開啟了開關一樣，曹學奕慢慢會在香味中看見回憶畫面，有些片段他感覺到無比陌生，甚至覺得跟自己毫無關聯，後來才發現原來浮現在腦海的是別人的回憶。

原來記憶是有味道的，他嗅到的是記憶的味道。

那麼，屬於媽媽記憶的味道又是什麼？那天游菪惟身上的香味又是什麼？只要找到那個香味，就能找回遺失的記憶了吧，曹學奕這樣想。於是他花了幾個月的時間，不斷到處去找尋那款香水，只是怎樣都遍尋不著。

「我找到那款香水了。」幾個月後，游菪惟打來了一通電話。

曹學奕喜出望外，迫不及待約了時間見面。

游蒨惟拿著一罐透明瓶身的香水，成分主要是由數款花香組合而成，她按壓著瓶口，淡淡的琥珀色液體往曹學奕的身上噴灑，頓時香氣瀰漫四周。

滋——滋——

曹學奕輕閉著雙眼，等待記憶浮現，香水氣味充滿著他的鼻腔：摩天輪、爆米花、模糊的小孩身影……回憶畫面像底片重播般，一一閃過他的腦海，頭痛的感受也不若上次強烈；彩色氣球、旋轉木馬、嬉鬧聲……突然間，面前一陣閃光，畫面瞬間全都消失了，他猛地睜開眼。

「怎麼了？頭會痛？」游蒨惟關心地詢問。

「再噴一次。」曹學奕開口說。

「什麼？」游蒨惟以為自己聽錯。

「再噴一次。」曹學奕語氣堅定。

滋——滋——

摩天輪、棉花糖……一陣閃光，不過幾秒鐘的時間，畫面便再次消失，時間越來越短。

曹學奕沮喪地坐在公園椅上，雙肩低垂，不明白發生了什麼事？他以為那瓶香水的味道能夠喚起自己的記憶，但沒想到只是靈光乍現而已。

「頭是不是很痛？」游若惟在他身旁坐下。

「畫面不見了。」曹學奕搖了搖頭，這樣說。

「畫面？」

「反正跟你無關，以後我們也不會再見面。」曹學奕沒有想要多做解釋，語畢便起身準備離開。

「你這個人怎麼這樣，什麼叫跟我無關？」游若惟下意識又拉住曹學奕。

曹學奕低下頭盯著她那隻拉住自己的手，不發一語。

「我千辛萬苦幫你找到香水，總要知道發生什麼事吧？」游若惟趕緊鬆開手，弱弱地說。

「第一次見面時，這個香水味不知道為什麼誘發了我遺忘的兒時記憶，但剛剛再試，發現不行。」曹學奕嘆了一聲，一口氣解釋道：「所以結束了，就是這樣。」語畢，再次轉身想走。

「會不會是香味不對？」游萻惟突然吐出這一句話，曹學奕停下了腳步，她繼續說：「雖然我不知道你說的是什麼超能力，但如果是跟味道有關，這個不行，那再找就好，不是嗎？」

曹學奕回頭盯著游萻惟看。

「這款香水主要是花香，但每家廠商都有自己的祕密成分，只要不斷嘗試，總會找到能夠喚起你記憶的香味吧。」游萻惟繼續說道。

聽著游萻惟說的話，曹學奕腦海中浮現了兒時在花店穿梭的畫面，花店、花的香味都是自己與母親的連結，是否就因為這樣，所以他才能藉由花香感受到記憶？

「好吧，好人當到底，」游萻惟拍拍胸脯說：「我會一直幫你，直到找到那個香味為止。」

曹學奕疑惑地盯著游萻惟，他並不知道她為何會對自己的事情展現出如此大的熱情，天生雞婆？別有居心？只是自成年以來，他不斷想要藉由各種方法找到更多意外當時的記憶，但都未果，後來幾乎是處於放棄的狀態。現在記憶只剩下像碎片一樣，偶爾會在夢裡閃現而已。

而此刻，眼前這個自稱是他小學同學的人、旋風般莫名出現在自己生命的人，卻燃起了他的一絲希望。

「總會找到能夠喚起你記憶的香味吧。」游萿惟方才的話再次浮現。

這會不會是自己最後的機會？

幾個月後，曹學奕在原本母親經營花店的舊址，以媽媽的名字「菽薇」開了一家花店，游萿惟也一起加入打理店務。之後在陰錯陽差之下，他更加發現了只要透過香味與物品自己就能看見記憶的能力，於是慢慢開始了幫有緣人尋找記憶的工作。

叮鈴鈴——

「歡迎光臨，菽薇花店。」

有客人上門，將曹學奕的思緒拉回現在。他抬起頭，看見進門的是父親曹威治，手裡正提著大包小包，曹學奕見狀趕緊上前接過，低頭一看裡面裝的是新鮮的蔬菜。

「曹伯伯好。」程博文爽朗地打著招呼。

「曹伯伯您來啦。」游莙惟也熱情回應著。

「剛採收了一些蔬菜，我一個人吃不完，送來給你們吃。」曹威治笑道，不斷用手朝臉上搧風。

「謝謝曹伯伯，天氣很熱喔。」游莙惟邊說，邊示意程博文去倒杯水過來。

「台北又不是買不到青菜，」曹學奕嘟囔著：「大老遠跑來，等下中暑。」

「這我自己種的，沒有農藥，很健康。」曹威治笑說。

母親的花店結束營業後，父親仍在台北生活，一直到曹學奕成年之後，他才搬回家鄉宜蘭居住，租了塊地種菜，說是那裡適合養老。平時住在外地的他，偶爾才會出現在花店裡。

「太好了，最近菜好貴都買不下手，剛好救了我。」游莙惟看著袋子裡的高麗菜與番茄，露出高興的神情。「哇，這色澤……看起來就好好吃。」

「曹伯伯，請喝水。」程博文倒來一杯冰水。

「謝謝。」

「我臉上有什麼嗎？」游萻惟抬起頭，發現曹威治正盯著自己看，於是趕緊摸了摸自己的臉確認。

「沒有、沒有，只是突然想到，我們認識這麼久了，卻好像從來都沒有聽過你講起自己的事，你住哪啊、爸媽是否還在之類的。」曹威治問道。

「因為我的事沒有什麼好講的，很無聊。」游萻惟笑著揮揮手。

「除了花店，平常喜歡做些什麼？」

「興趣嗎？我喜歡收集金項鍊。」游萻惟邊說邊拉起脖子上掛的項鍊。「很漂亮吧？」

「萻萻姊超多金項鍊的，不誇張，一天換一條。」程博文立刻補充。

「美女也需要衣裝。」游萻惟說得臉不紅氣不喘。

「看到你們這樣太好了，還好有你們幫忙照顧花店，不然就學奕那張嘴，沒多久一定倒店。」曹威治笑說。

「我是鎮店之花啊。」

「就是說啊，曹店長根本都不招呼客人，每次客人一來就躲到後面……」

「曹伯伯放心，我跟博文會好好管理花店……跟學奕的。」游菪惟趕緊打斷話。

曹學奕冷漠地看著他們倆一搭一唱沒有理會，自顧自地整理著花材。

「呵呵，店裡生意好嗎？」曹威治又問。

「有遇到重大節日時比較好。」

「以前學奕媽媽常說，花店其實是景氣指數，景氣越好就越多人買花，景氣差一點就可能一天賣不到兩束。」

「畢竟有餘力才會顧及情調啊。」游菪惟笑著回。

叮鈴鈴——

「歡迎光臨，菽薇花店。」門口傳來開門聲，這回真的是客人上門。

「請問需要什麼花呢？」程博文趕緊上前詢問。

「才問到生意好不好，客人就來了。你們忙吧，我先走了。」曹威治邊說，邊起身準備離開。

「這麼快就要走了？」游菪惟連忙跟著起身。

「只是送菜來，我還有事要忙咧，不用送我，我很熟。」曹威治步向門口，瀟灑地揮了揮手。

「路上小心。」

送走父親，曹學奕看到程博文正熱情地招呼著客人，丟了句：「這裡就麻煩你了，我到後頭去。」隨即消失在花店後方的房間中。

「又溜走了……」游珺惟嘟囔著。

夜幕降臨。

「叩、叩、叩。」游珺惟先是按下會晤室另一側牆面的按鈕，接著輕敲了房門，隨即在門口的電子鎖上輸入密碼，伴隨著「嘟」聲門扉跟著開啟。

不同於花店與會晤室的色彩繽紛，房間內色彩單調簡單，主要是黑白兩色；一側是整面覆蓋著黑色玻璃的櫃子，另一側則是一張大大的工作桌，上頭擺設了一個蒸餾器，以及此時鋪滿了黃色的花瓣。

曹學奕正站在蒸餾器前頭，徒手將一瓣瓣色彩鮮豔的花瓣放入蒸餾瓶當中，他抬起頭看了游若惟一眼，沒說話又繼續他的工作。

「鬱金香？」游若惟拿起小巧的花瓣嗅了嗅，這樣說。

製作花香精油的第一個步驟，通常都是要先摘下花瓣清洗後晾乾，之後才能填充進去蒸餾瓶當中。

曹學奕輕輕點了點頭當作是回覆，並反問：「有客人？」同時以鑷子夾起一顆生核桃塞入嘴巴，再繼續用手將鬱金香花瓣填入透明瓶身。圓弧型的蒸餾瓶像一顆透明的彈珠。

「打烊。」游若惟俐落地回應。曹學奕今天幾乎整天都待在蒸餾儲存室裡，不知道天色的變化。

「門我來關就好。」曹學奕邊說邊繼續著手上的工作。

「又快到摩天輪日的時間？」游若惟不理會他繼續問道：「這次一樣不用我陪？」

「去過了。」

「這次用了什麼遺物？」

「口紅。」

游碧惟沉默著，誘發記憶味道的關鍵是遺物，若沒有找到那件物品，再怎樣都不會有重要的畫面。自從嘗試過幾次尋找母親的記憶未果後，曹學奕便決定日後由他自己一個人先去試驗即可，待遺物確認後，再找她一起。這些年已經不知道試過多少物件，但仍舊徒勞無功。

「會不會那件物品不在你家？」游碧惟突然這樣問。

「幾乎不存在這種可能。」曹學奕連頭也沒抬，開始在已經填滿花瓣的蒸餾瓶中注入清水。

「你怎麼這麼肯定？」

「你會將重要的物品放在外頭？」曹學奕看了游碧惟一眼，像在疑惑她提問中的荒謬。

「有人有保險櫃啊，會把貴重物品放在銀行。」游碧惟急急地說。

「我家沒有保險櫃。」曹學奕直盯著游碧惟看，好半晌才說：「我確認過了。」

「既然如此，為什麼找不到？」

「因為每個人的人生本來就是有隱密性的，外人無法窺知全貌，自然就不會知道對當事人而言何謂重要，有時候只能猜測。」曹學奕在蒸餾瓶中加入幾顆沸石，並說道：「我只是猜錯而已。」

「這樣要猜到什麼時候啊？」

「到猜對為止。」接著按下加熱鍵。

蒸餾瓶裡頭的水開始沸騰，熱氣上升、花瓣中冒出細小的氣泡，耳朵聽到細微的咕嚕咕嚕水滾聲響，花瓣顏色開始變透明、轉暗，空氣中逐漸散發出鬱金香花香，接著透明如水滴般的蒸汽液體沿著管線上升，最後經過冷凝管冷卻後萃出精油與純露。

「好療癒啊～～」游若惟發出讚嘆，這樣的過程每回都讓她看得著迷。

上百朵的花只能萃取出幾毫升的精油，費時又費力，但曹學奕仍堅持自己萃取，「越純淨的味道越能召喚出記憶。」他這樣說過。

偶爾游若惟也會幫忙萃取精油，但多數時候都是由曹學奕自己動手，她覺得這根本是他不想在店內招呼客人的藉口。

「門我來關就好。」見游着惟還在原地，曹學奕再次重複一樣的話。

「不必留。」游着惟揮揮手說了她平時道再見的慣用句，隨即又轉身道：「明天見啊。」

曹學奕揮揮手。

離開花店後，游着惟來到兒童樂園，深沉的夜色像是黑色絨布一樣包裹著摩天輪，信誓旦旦地說是要「一直幫他找到香味為止」，但實際上卻什麼都幫不上忙。

游着惟靜靜地望著摩天輪發起呆。

日照漸漸縮短，時序已經來到夏末初秋。

但溫度仍然叫人吃不消，白花花的陽光灼人，曹學奕保持冷靜的神色走向花店，額頭上冒出點點的細小汗滴。

叮鈴鈴——

「歡迎光臨，菽薇花店。」

一推開花店大門，一股沁涼的冷風吹來，曹學奕輕輕吁了口氣。

「曹店長你來啦，客人已經在後面房間等了。」程博文打著招呼，店內卻不見游菪惟的身影，彷彿是看出曹學奕的疑惑，他又補充道：「菪菪姊也在裡面。」

曹學奕點了點頭，抓了一把生核桃塞入嘴中，推開會晤室的房門。

背對著門口是一個陌生的中年男子，他的對面則坐著游菪惟；見他進門，游菪惟朝他點頭示意，接著對中年男子說：「曹店長到了，我們可以準備開始了。」

待曹學奕坐下後，她推過來一杯黑咖啡，他輕啜了一口。

「我叫簡民輝，」中年男子緩緩開口，他的神情嚴肅，語氣中有股莫名的威嚴：「你們……是神棍？聽說你們可以幫人找記憶，是騙人的吧？」

「要看狀況，不一定每次都能成功……」游菪惟淡淡地回答。

「果然是騙人的吧！」沒等游菪惟說完話，簡民輝立刻打斷她，語氣有點激動：「你們是想收我的錢，到時候再跟我說沒有成功，對吧？」

「雖然你可能無法想像我們在做的事，但我們不是詐騙。」游萶惟試圖解釋。
「什麼無法想像？根本是有違科學，世界上怎麼可能有這種事？什麼找回記憶？根本不可能發生……」簡民輝打斷游萶惟的話，語氣中有種輕蔑：「我是傻了才會來這裡。」
「這跟相不相信無關……」
「哼，你們靠這個把戲騙了多少錢？休想從我這裡騙走一毛錢。」
「簡先生，請你冷靜點。」游萶惟這下有點惱怒了。
曹學奕面無表情，繼續吃著他的生核桃。
「詐騙傷心人的錢，你們會有報應！」簡民輝忿忿地，起身就要走。「果然是浪費時間。」
游萶惟沒打算要留，但一旁的曹學奕卻開口了：
「如果不是浪費時間，真的找到記憶了呢？」
簡民輝聞言停下動作，他靜靜地盯著曹學奕數秒，像是在衡量些什麼。
「你可以不相信，」曹學奕接著又說，雖然使用的是疑問句，但語氣卻是一貫的平靜：「但你不好奇嗎？」

多數會上菽薇花店尋找記憶的人，都是抱持著半信半疑的態度，全然相信的更少，只是會以各種不同的樣貌展現出來，有的卑微、有的企求、有的懵懂，又或者如簡民輝一樣，用否定來避免再遭遇更多的傷害。然而不管相信與否，唯一可以確定的是，菽薇花店是他們最後希望的寄託之處。

菽薇花店，是給對希望已經窮途末路之人所來的地方。

「你想要找誰的記憶？」曹學奕繼續問。

「我兒子。」過了好半晌後，簡民輝終於才又開口，語氣不若之前強硬。「我想要知道他到底發生了什麼事？」

「請問貴公子……」游葧惟開口想要提問，隨即被簡民輝打斷。

「簡正，他的名字叫簡正。」

「咳，那請問簡正怎麼了？」面對不友善，游葧惟盡量保持住理性。

「他從學校的頂樓摔了下來。」簡民輝邊說著，同時面露痛苦。「同學說他們一群人在頂樓空地玩，一不小心他摔了下去，但小正怕高，根本不可能靠近圍牆。」

「我懂了。請問您明白規則嗎？」

「你說錢？」簡民輝眼神又防備了起來。

「不是，是找回記憶的規則。」

「需要小正的物品，對吧？」簡民輝急急地從背包裡拿出早就準備好的物件，是一條黃色的兒童玩具聽診器，他解釋說：「他立志將來要成為一個醫師。」

看到簡民輝眼神透露的熱切，曹學奕及游莙惟交換了一個了然於心的眼神。

他們約定好週末的時間。

叮鈴鈴——

「幹麼要留住他？」待簡民輝一離開，游莙惟立刻忍不住抱怨。「他要走就讓他走啊，搞得好像是我們在求他一樣。」

「因為他很傷心。」曹學奕回，將一顆生核桃丟進嘴裡。

「他看起來哪有什麼傷心？一副盛氣凌人的樣子。」

「他自己說的。」

「他哪有說？」

「他說『詐騙傷心人的錢』，其實是在說自己。」

「這……」曹學奕的話讓游碧惟一臉詫異，她驚訝自己怎麼忽略了這句話背後的意涵。

「你太想要幫助他了，才會被他激怒。」曹學奕丟下這句話，隨即轉身再進入蒸餾儲存室。

「什麼嘛……」游碧惟則呆愣在原地。

週六傍晚。

曹學奕、游碧惟與簡民輝三人佇立在後溪高中的頂樓，空曠的平台上只有角落堆疊著一些廢棄的課桌椅，水泥地面看起來蒼白無力。今天的天氣晴朗，還有陣陣微風吹拂，夕陽把景物都染上了一層黃色調。

「您確定要待在這裡？」游著惟的黑色薄長外套輕輕飛舞，她詢問簡民輝：「那請務必不要干擾我們。」

「好。」簡民輝肯定地點點頭。

「準備好了？」游著惟接著轉頭探問曹學奕。

曹學奕低頭看了眼下方花圃，點了點頭，彎下身準備爬上不及胸口高度的圍牆。

「喂，你要做什麼？」游著惟見狀嚇了一跳，連忙制止。「不用爬上去啦，在這個範圍內也可以，太危險了！」

「喔。」曹學奕順從地待在原地，確認時間後，照慣例他先脫下鞋子，感受著水泥地板上細小的砂石磨擦著腳底板，接著雙眼蒙上白絲布、兩手交疊放在丹田處，屏住呼吸。游著惟將聽診器輕輕擺置在他的手中。

簡民輝在一旁靜靜地觀看著。

曹學奕輕閉雙眼、用力地呼吸著，想要抓取空氣中流動的味道，腦中逐漸出現帶著淡綠光芒的白色光點飄浮，光點緩緩在空中游移、慢慢聚集會合，接著開始圍繞著他的身體旋轉，逐漸將他包圍，此時曹學奕開口道：

「茉莉。」

「茉莉。」游碧惟重複著，同時迅速地從排列滿玻璃試管的黑色工具箱中，挑出一支試管，接著在絲布與聽診器上各滴了一滴精油。

一股暖流從曹學奕身旁滑過，穿過他的掌心、脖子，茉莉花香瀰漫著四周……欹欹——欹欹——眼前開始出現白茫茫的亮光，像是走到隧道的盡頭處，黑暗逐漸散去，前方浮現了兩個朦朧的人影，耳朵傳來稚嫩的孩童聲音。

欹欹——欹欹——

「現在你的嘴巴張開，啊——」年約六歲的簡正，小小的臉上盡是認真的表情，他正用手上的黃色聽診器聽著他對面一個年紀相仿孩童的胸口。

「啊——」王世桀順從地張開口。

「你有點感冒，是不是最近晚上睡覺沒蓋被子？」

「嗯嗯。」王世桀用力地點點頭。

「那我開藥給你吃，晚上睡覺要蓋被子喔。」簡正神情嚴肅。
「遵命，醫師。」
「好，那你可以回去了。下一位。」
王世桀用力點點頭，隨即離開座位，不過三秒後又跑回來坐在椅子上。
「你生什麼病呢？」簡正姿態煞有介事。
「我的頭有點痛。」王世桀說。
「那我幫你看看……」簡正拿起玩具聽診器放在王世桀的額頭上，閉上眼睛仔細聆聽。「好像有點發燒。」
「真的嗎？」王世桀趕緊摸了摸額頭。
「沒關係，我開藥給你吃就會好了。」
「謝謝醫師。」
「下一位。」
王世桀點點頭再次離開座位，幾秒後又跑回來坐在椅子上。
「你今天生什麼病呢？」

欷欷——欷欷——

白色的光點再次在曹學奕眼前閃爍，畫面逐漸模糊，他試圖想要看清楚，於是用力閉上眼睛，再次睜開，映入眼簾的是尋常的一個房間，書桌前的牆上掛著一條黃色的玩具聽診器。

「很好。」

簡正對著鏡子整理了儀容，滿意地看著身上穿的後溪高中制服，他撫了撫皺褶處，接著拿起書包奔出家門。

「東西都有帶？」簡民輝在他身後喊著。

「有。」簡正應和著，步伐沒有停止，拐過兩個轉角來到另一戶人家。

王世桀已經等在門口，他正拿著手機拍攝街上的行人。

「還拍，都快遲到了。」簡正邊快走邊拍了他的肩膀一下。

「每次都要等你，遲到大王耶。」王世桀收起手機取笑著。

「才兩分鐘。」

「也是遲到。」

「話說你都在拍些什麼啊？整天看你拿著手機東拍西拍的。」

「看到什麼就拍什麼，像我現在就可以拍你啊。」王世桀邊說邊作勢要再拿出手機來。

「走啦，廢話這麼多，公車來了，剛開學就遲到，等下被貼標籤。」

「還不是你害的。」

兩人不僅是鄰居，更是從小一起長大，自幼稚園開始到國中都是同班，一起上學、一起下課，放學後也是玩在一起，簡直像是彼此的影子，甩都甩不掉。直到上了高中，雖然仍是同校，但才終於不在同一個班級。

進了校門，周遭滿是穿著白色上衣制服的學子，兩人跑向教學大樓，一口氣衝上樓梯。簡正的教室在二樓，王世桀則是三樓。

「我的班級到了，先進去啦。」簡正一臉爽朗，他輕捶了王世桀的肩膀一下。

「放學見嚕。」

「放學見。」王世桀揮了揮手，轉身跑上樓梯。

叮叮——

「今天放學有事，你自己先回去。」午後，簡正收到王世桀傳來的訊息。

隔天早晨，秋日溫差大，簡正已經穿上了薄外套，他照慣例來到王家，通常早已經在門口等候的王世桀，今日卻未見到他的身影。

「奇怪了……」簡正邊納悶邊撥了電話，那頭沒人接，王媽媽卻過來開門。

「阿正，不好意思，小桀今天有點不舒服，請假一天。」王媽媽探出頭說，神情中有點憂心。

「生病了嗎？」簡正關心著。

「嗯，只是有點不舒服，放心。你快去上學吧！」

「那他好好休息，我明天再來。」簡正點點頭，離開時傳了封關心簡訊給王世桀，但整天都沒有收到他的回覆。

再隔日，今天簡正特地提早到王家門口，卻仍是不見王世桀的身影，一直等到約定的時間逼近，他才終於出現。

「沒想到你會晚到耶，遲到大王換你當啦。」簡正嘻嘻哈哈，一抬起頭卻看到王世桀額頭上貼著幾枚OK繃，隱約還可看到一些瘀青擦傷。「你受傷了？」

「摔倒了。」王世桀輕描淡寫帶過，轉身步向公車站。「快遲到啦，快點。」

簡正仍是感到有點納悶，但隨即快步跟上。

一路上王世桀比往常沉默，到了教學大樓，簡正同樣爽朗地輕捶了王世桀的肩膀一下，說道：「放學見嚕。」

但此回他卻瑟縮了一下。

「怎麼了？我沒搥得很用力啊？」簡正露出疑惑的表情。

「沒事、沒事。你快進去吧，要上課了。」王世桀趕緊說，推著簡正進教室。

「那放學一起回去？」

「放學見。」王世桀點點頭，轉身步上樓梯。

簡正看著王世桀的背影，覺得他有種說不出的落寞。

難道是因為上高中不同班了，所以感到寂寞嗎？才剛開學，不久後應該就會習慣吧。簡正心想。

簡正搖了搖頭甩掉腦中的思緒，迅速進到教室。

可是接下來的日子，王世桀卻益發沉默，原本開朗的神情消失不見，取而代之是頹靡的神情，簡正怎麼問都問不出個所以然，擔心不已。

叮叮——

「今天放學有事，你先走吧。」

這天，簡正再次收到王世桀傳來的訊息，他納悶地盯著訊息看，疑惑著王世桀到底在忙些什麼？他回傳訊息給王世桀詢問，但同樣沒有得到回覆。

叮噹——叮噹——

放學鈴聲響起，簡正收拾書包準備下樓，才剛踏上階梯就想起了王世桀說今天有事，好奇他到底在忙些什麼？難道是瞞著自己在偷偷約會？於是轉身上樓。

「請問有看到王世桀嗎？」教室內只剩下少數幾位同學，但卻沒有看到王世桀的身影，簡正詢問了其他班上的同學。

「他……」只是該同學卻吞吞吐吐。
「他怎麼了？回去了？」
「不是，他……」該同學看了看左右幾位還在教室內的同學，欲言又止。
「發生什麼事了？」簡正突然感到有點緊張。
「他在頂樓。」此時另一位同學突然出聲。
「他去頂樓做什麼？」
「你上去就知道了。」
簡正道了謝後，兩步併一步迅速衝上頂樓，一打開鋁門，白花花刺眼的光芒瞬間照射過來，他下意識地閉了眼，心跳加速，再次睜開眼，看到了一個橘色的大型垃圾桶佇立在頂樓的水泥地上，像是太陽，而有幾個人正圍繞著它手舞足蹈。
不是跳舞！是毆打！
橘色垃圾桶裡頭罩著一個人……
「小心打，不要留下什麼傷痕。」其中一位同樣身穿高中制服的人這樣笑喊著，一邊用球棍敲打著垃圾桶，發出清脆的聲響。

「所以才要罩垃圾桶啊，笨。」另一個人這樣說，其他人聽了紛紛笑了出來，手上的動作沒有停止，彷彿他們正在進行的是一場遊戲。

「老師來了！」見到此景，簡正大叫了出來。

那幾位男同學聞言紛紛停下動作、互看了彼此幾眼，接著丟下手上拿著的球棒、藤條……左推右擠地奔跑下樓。

簡正走向傾倒在地上的垃圾桶，小心翼翼地將它移開，在裡頭的人正是王世桀。

王世桀看到簡正立刻露出驚訝的表情，隨即往後退到牆邊抱著自己並大喊道：

「不要過來！」

「小桀……」簡正同時處於震驚與不知所措中。

「我沒事！」王世桀彷彿用盡全身力氣般喊叫了出來。

「怎麼會沒事？他們是誰？你班上同學？」

「我都說了我沒事，你不用管！」王世桀從臂膀裡抬起頭，露出一半的臉，上面布滿細細小小不明顯的傷。

「你都受傷了還這樣說，我去告訴老師。」語畢簡正轉身就想下樓。

「不要去！」王世桀一把拉住簡正並說：「不要跟老師說。」
「不要跟老師說，那要怎辦？上次你額頭的傷也是他們弄的，對吧？」
「他們只是在玩而已……」
「你少騙人，這哪是在玩！」
「總之……先不要告訴老師，也不要跟我爸媽說，好不好？」
「那他們以後繼續找你麻煩怎辦？」
「我……我會想辦法，拜託、拜託……」王世桀懇求著。
「小桀……」
「嗚……嗚……」王世桀抱著膝蓋輕聲哭了出來。
看到王世桀痛苦的神情，簡正不知道該怎麼辦，只能跟著默默坐在他的身旁，夕陽的餘暉照耀在他們身上。
然而情況仍是沒有好轉，霸凌持續著，在身上的，還有心上的，簡正只能任由王世桀的臉孔益發消瘦，以及身體不時出現微小傷痕，這些他都看在眼裡。只是每回一提起，總會被王世桀隨便呼唍打發掉。

不斷說著「我沒事」的生活，日復一日將日子洗刷得面目蒼白。

這天，王世桀不僅僅是臉上，連手臂都貼上了OK繃；同一天的午後，簡正衝進導師室投訴霸凌事件。

王世桀被叫到了導師室，但自始至終都否認被霸凌，怎樣都不肯說出相關的人名。「我沒事，只是摔倒。」由於太習慣這個說詞，王世桀說得快速肯定。

「不是說不要告訴老師嗎？」一踏出導師室，王世桀就對等在外頭的簡正發怒，說完話頭也不回的離開。

「你是我最好的朋友。」簡正試圖想拉住王世桀。

「那為什麼要害我？」

「傷害你的人不是我，是他們。」兩人在走廊上吵了起來。

「我不是說不要跟老師說嗎？現在他們更有理由欺負我了。」王世桀壓低聲量，語氣中仍充滿怒氣。

「我會再跟老師說。」

「說、說、說，到底要說什麼，我就是不想說，你聽不聽得懂啊？」王世桀一臉怨懟地說：「反正倒霉的又不是你，你當然可以說風涼話。」

「我沒有說風涼話！」

「反正你不要管我的事啦！」最後王世桀丟下這句話，頭也不回轉身跑入教室。

簡正愣站在原地。

叮噹——叮噹——

放學鈴聲響起，整天心情鬱悶的簡正收拾好書包準備回家，一踏出教室，就被幾個人攔住，抬頭一看，是霸凌王世桀的那三位學生。

「借過。」簡正試圖想要閃過他們幾人，無奈一直被堵住。

「聽說你去跟老師告狀？很厲害嘛。」其中一位身材高壯的同學這樣說，語氣充滿挑釁。

「要是沒做，幹麼怕人家說？」簡正的眼神毫無畏懼，瞄了對方制服上的名字：范又偉。

「我們做了什麼？你說說啊……」范又偉步步逼近。

「就是……」

「上次騙我們『老師來了』的人，是不是也是這傢伙？」另一位皮膚黝黑的同學搭著話。

「很厲害嘛……」范又偉扯住簡正的領口。

「放開我！」簡正奮力掙扎喊叫，開始引來側目。

「好，」范又偉鬆手說：「我們到頂樓談。」

「為什麼我要跟你們上去？」

「你不是替你朋友抱不平？跟我們上去，以後就不欺負他，怎樣？」

簡正不發一語，只是盯著他們看。

「你自己決定嘍，反正你朋友命運掌握在你手上。」范又偉說著，轉身上樓。

沉默了幾秒，簡正終於跟了上去。

上樓時，簡正在樓梯間遇到了王世桀，簡正喊了他的名字，然而王世桀不回應逕自擦身而過。

頂樓，傍晚的金色光線將水泥地板灑上一層淡淡的黃色。

「為什麼你們要欺負小桀？」簡正直直地盯著為首的范又偉質問。

「不順眼還需要理由嗎？」范又偉發出一聲輕蔑的笑。

「怎麼可以這樣就打人？難道你看誰不順眼就要打嗎？」

「對，我就是看誰不順眼就打，」范又偉逼近簡正說道：「像我現在就是看你不順眼。」

啪——

范又偉猝不及防地揍了簡正一拳。

「你要是敢再打我一次，我馬上就去告訴老師！」簡正站穩身體，跟著也握緊拳頭，狠狠嗆了回去。

「怕你喔，你能怎樣？想對幹是吧？」

「我會馬上就去告訴老師，也會去報警！」

「他說要報警耶……」范又偉語氣輕浮，轉頭看身後另外兩人，他們紛紛笑了出來，又說：「我才高中生，他們能拿我怎樣？大不了換個學校再唸就好，但即使換了學校，我還是可以再回來找你們喔。」

「你……」

「但除了看不順眼外……」范又偉突然衝向前，一把抓住簡正的領口，快速地將他壓到圍牆上：「我更討厭被威脅。」

痛！簡正措手不及，背部因為劇烈的碰撞而產生疼痛。

「很喜歡當英雄嘛，是不是？」

「放開我！」簡正的脖子被壓得有點喘不過氣，拚命想要掙開，無奈對方力氣遠大於他。

「還是乾脆你代替你朋友讓我打？怎樣？」范又偉眼神閃過一絲戲謔。「以後我們就不找他，你不是很喜歡當英雄？」

對於這個荒唐的提議，簡正感到不可置信，沉默不語。

「哇靠，你是真的在考慮是不是？」范又偉笑了出來，隨即又惡狠狠地更加用力壓住他，將他往牆外推。「真的很想當英雄嘛，以為自己是超人嗎……」

「放開我、放開我！」簡正的身體往後傾，肩膀已經傾斜出圍牆外，原本就懼高的他開始感到緊張，雙手、雙腳奮力地揮打著，試圖想要掙開。

「抓住他！」范又偉一聲令下，另外兩人隨即上前抓住簡正。

到了此刻，簡正終於面露恐慌。

「原來你也會害怕啊……」范又偉看到簡正的恐懼神情，露出滿意的表情。「不是說要報警？要是不小心摔下去，看你要怎麼報？」

「范又偉！我記住你的名字了……」簡正大聲喊叫出來：「快放開我！」

「不是說過我更討厭被威脅嗎？」聽到自己的名字，范又偉加倍怒火中燒，大喊著：「把他的腳抬起來！」

另外兩名同學聞言各抓了一隻腳，將簡正騰空。

簡正雙手慌亂地在空中揮舞，掙扎地想要起身，最後抓住了范又偉正揪在自己領口上的手。此刻他半個身體已經懸在空中，底下是學校的花圃。

「放開我、放開我！」

「要我放開是嗎？好啊，那你跪下來跟我道歉，我就原諒你。」

「為什麼我要跟你道歉，我又沒做錯事！」

「不道歉是吧？」范又偉故意輕輕鬆開揪住簡正領口的手，然後又抓緊。

「啊！」簡正身體往後傾倒，發出一聲驚叫，加倍用力抓住范又偉的手腕。

「再給你一次機會，要不要道歉？」

「好、好，你放我下來，我跟你道歉。」簡正驚魂未定，喘著氣。

「放他下來。」

待簡正雙腳一落地，隨即拔腿就往門口衝。在門口半掩處，他看到了王世桀躲在門後的身影。

簡正還來不及做些什麼反應，隨即又被抓住。

「想玩我是不是？」范又偉怒氣升到最高點，命令其他兩人再次將簡正抬高。

「你他媽的想玩我，你以為你是誰……」

「放開我、放開我……」上半身再次騰空掛在圍牆外的簡正，被扯著領口上下搖晃，耳邊傳來陣陣嬉笑聲。

「要我放開是不是？」范又偉面露陰邪的神情，咧嘴說道：「好啊，我就放開。」

語畢，范又偉鬆開抓著簡正領口的手，簡正身體再次往後傾，他慌亂地想抓住范又偉的手腕，然而這次卻手一滑沒抓住；范又偉也是，他露出一臉驚訝。

重心過度傾斜，簡正整個身子往下墜。

「阿正！」簡正耳朵聽到王世桀的驚叫聲。

簌簌——簌簌——

風聲從簡正的耳邊呼嘯而過。

簌簌——簌簌——

映滿眼簾的是晚霞景色，橘色的天空與白色的雲朵。

簌簌——簌簌——

簌簌——

曹學奕心跳加速、感受風颳過自己臉龐，畫面再次轉成白花花的一片，圍繞在身邊的茉莉花香消失了，他輕打了一個嗝，回到了現實。

游碁惟見狀趕緊收下兒童聽診器，並解下了蒙在曹學奕臉上的絲布。

「看到了？」她問。

「有看到阿正嗎？有嗎？」一直在旁邊觀看整個過程的簡民輝，立刻衝了過來，神色緊張悲戚。

曹學奕點點頭，他的心跳仍舊劇烈跳動，他深吸口氣，試圖想要讓自己平靜。

「看到了？看到什麼？」簡民輝面露熱切。

「小桀。」曹學奕緩緩吐出這個名字。

「小桀？你說阿正的好朋友嗎？他怎麼了？」簡民輝疑惑著。

「他知道發生了什麼事。」

簡民輝愣愣地看著曹學奕。

王世桀房間。

此刻他正坐在自己的床上，而同時在房間內的還有曹學奕三人，以及他的母親。

自從簡正發生意外兩週以來，王世桀再也沒有去上過學，整天都關在自己的房間內，也不說話。

「小桀，那天發生了什麼事？」簡民輝問著。

「……」王世桀低著頭不發一語。

「自從阿正過世後，他就一句話也不講了，醫師說『好友過世打擊太大，需要時間復原』，哎……」王媽媽言語之中盡是擔心。

「你知道發生什麼事，對不對？可不可告訴簡伯伯？」

「小桀，你要是知道什麼就說……」

王世桀仍是沉默不語。

「可以告訴我嗎？簡伯伯拜託你……」簡民輝握住王世桀的雙手懇求道：「阿正是你最好的朋友啊，你們從小一起長大……」

聽到簡正的名字，王世桀瑟縮了一下，將手抽了回去，接著用手抓住頭、將臉埋在身體裡，開始顫抖起來。

「好、好、好，不用勉強自己，沒事、沒事……」王媽媽看到王世桀情緒有點激動，趕緊上前安撫，並轉頭對簡民輝說：「不然過陣子等他情況好點再說。」

「但……」簡民輝仍不想放棄，試圖想再說些什麼。

「今天先這樣吧。」王媽媽插話制止。

簡民輝感到一股無奈襲來，沮喪地垂下肩膀，正準備起身，突然曹學奕開了口：

「那天你也在現場吧。」

曹學奕的話讓王世桀身體震動了一下，他緩緩從手臂裡抬起頭，眼睛裡彷彿閃爍著些什麼。

見到王世桀的反應，簡民輝露出了一絲希望。

「范又偉也在。」曹學奕再補充道。

聽到這個名字，王世桀身體再次震動，雙眼直直看著眼前這位一身白的男子。

「你可以安心了，沒關係。」游若惟蹲在王世桀面前，用手輕撫著他的手臂，眼神充滿溫柔。「不用害怕，真的。」

「嗚嗚嗚……」聞言王世桀輕聲哭了出來，口齒不清地說著：「對不起、對不起……嗚嗚，對不起……」

「說出你看到的就好。」

「那天、那天……是范又偉他們把阿正推下樓的，嗚嗚……」王世桀邊哭邊說出這句話：「是他們、是他們害死阿正，嗚嗚……」

簡民輝震驚地睜大眼。

「小桀，這不能亂說啊……」王媽媽也嚇了一跳，趕緊制止。

「到底發生什麼事？」簡民輝從情緒中稍稍恢復，急急地追問。

「小桀……」王媽媽有點擔心地看著王世桀。

「我要說，這是我欠阿正的。」王世桀看著母親點點頭，接著又說：「其實……自從上高中後，范又偉就一直欺負我……」

這句話讓簡民輝與王媽媽都倒吸了一口氣。

「後來阿正想幫我出氣，結果被他們盯上。那天我跟阿正吵了一架，但在放學時卻看到阿正跟著范又偉一起上了頂樓，我本來不想理，但後來還是有點擔心，所以偷偷跟了上去……」

「結果看見了他在打阿正？」簡民輝插話。

「我看到他們把阿正壓在圍牆上，假裝要將阿正推下樓，我以為他們只是嚇嚇而已，我不敢出去……沒想到……嗚嗚……嗚嗚……」王世桀邊啜泣邊說：「他們恐嚇我不能說出去，不然以後我會更難過……嗚嗚……對不起……」

王世桀的這一番話讓簡民輝癱軟在椅子上，數秒後，他跳了起來，直往門外衝。曹學奕拉住了他。

「放開我，我要去找害死我兒子的兇手！」簡民輝惡狠狠地說著，但被曹學奕緊緊抓住手臂，他忍不住發出怒吼：「你這是做什麼？放開我！」

「沒有證據很難制裁他們吧。」游菪惟淡淡地說。

「什麼證據？我兒子死了就是證據、小桀說的話就是證據……還需要什麼證據？……」簡民輝看著游菪惟與曹學奕的表情，跪坐在地板上低聲嗚咽。「他們害死我的兒子……阿正……嗚嗚……」

「我有證據。」王世桀再次開口，眾人紛紛望向他，接著他從枕頭下拿出手機說道：「我拍下來了。躲在門後看時，我拍下來了，原本是想說之後可以用來反制他們，嗚嗚……對不起，我很害怕才一直沒說，嗚嗚……對不起……」

接過手機，簡民輝看著裡面的影片，終於忍不住放聲大哭了起來，黃昏的陽光灑落在他不斷顫抖的肩膀上。

隔天傍晚。

去警察局報案完後，簡民輝與王世桀步上學校頂樓，曹學奕、游莙惟兩人已經在那裡等候，一白一黑的他們站在黃昏的光暈中，風輕輕吹動他們的衣服，像是非現實存在的人物。

游莙惟替簡民輝、王世桀兩人各準備了一束茉莉花，他們先是輕閉著雙眼，接著將花束擺放在地板上，最後深深一鞠躬。王世桀忍不住又哭了出來。

游莙惟從花束上頭取下一瓣花瓣，連同委託單放進一支空試管裡小心收好。

一行人離開頂樓。

「你是本來就知道有錄影的存在？」

回到菽薇花店，游莙惟一邊將試管擺進儲存櫃中，終於忍不住問道。

「不知道。」曹學奕搖搖頭，一臉漠然。

「那你怎麼會抓簡伯伯的手？」

「找記憶不是讓他報仇用的，」曹學奕邊吃著生核桃配黑咖啡邊說：「加上又沒有可以作為證據的物品。」

「哇靠，你真無情耶。」

「給予不存在的希望才是無情。」

「那……我們做的事不也是『不存在的希望』嗎？」游莙惟反問。

「也可能是僅存的希望。」

「僅存的希望……」游莙惟看著曹學奕喃喃自語，他也是這樣看待自己母親記憶的嗎？

「試管放好了？」曹學奕打斷她的思緒。

「對，怎麼了？」

「今天是週日。所以今天不是你的上班日，快回家，不要打擾我。」

「不必留。」游菪惟揮揮手，瀟洒地離開。

步出菽薇花店，游菪惟前往一家二手商店。

由老宅改建的二手商店，外牆是磁磚與花窗，小小的立體方形招牌寫著店名「想想」，充滿文青風；店內不甚寬敞，但東西擺得井然有序：上衣、外套、帽子、裙子……各類物品自成一區，在暈黃的燈光中，這些二手物品像是被太陽照射一般顯得暖洋洋。

「游小姐，項鍊有新貨到喔。」看到游菪惟，店員熟稔地打著招呼。

「我知道，所以特地過來看。」游菪惟笑著回答，直接前往首飾陳列區，一邊思索一邊仔細端詳上頭的每條項鍊。

「您慢慢看，有問題再喊我一聲。」

半晌後，游菪惟略顯失望地抬起頭詢問：「這些就是全部的新到貨？」

「這次的就這些。」店員回。

「那我要這條。」隨即游莙惟指著其中一條有光澤的鍍金項鍊說道，上頭裝飾著一個小巧的心型。「有新品到時，再通知我喔。」離開時她不忘補充道。

回家的路上，游莙惟看到了角落的反光，是一支筆身貼著彩色水鑽的鋼筆，她照慣例拍了張照上傳到「等待招領」。

推開住家的房門，游莙惟的房間跟她的衣服一樣是暗色調，深灰綠色調的牆面、黑色的床單與桌椅，少數的亮色是燈罩，她有時候會錯覺自己像是一道影子。

游莙惟打開黑色衣櫥，裡頭清一色都是黑色的衣服，她脫下外衣，肩胛骨處露出一道長長延伸至手臂的疤痕；接著她蹲下身拉開下層的抽屜，將剛才買的項鍊小心地擺入其中。抽屜裡已經陳列了數十條項鍊，各種款式都有，唯一的共通點是清一色都是金色。

游莙惟對著排列整齊的項鍊發起呆，窗外的月光灑在她肩胛骨的疤痕上。

NO.04/

美好的日子
終會來臨

「今天怎麼比較早下班？難得可以等我一起上課。」徐有熙從捷運出口匆匆忙忙跑過來，氣喘吁吁地勾住程博文的手。「又去送花？」

「對，送完就直接過來啦。」程博文回，便從背包裡掏出一根棒棒糖。「要不要吃糖？」

「收下。」徐有熙二話不說往嘴裡塞。

進到教室，兩個人並排坐著，徐有熙突然想起什麼，神祕兮兮地靠了過來說：

「你有聽過這個嗎？」

「什麼？」程博文一邊拿出筆記本一邊回道。

「這個、這個……」徐有熙秀出手機螢幕上的一個討論版，沒有任何圖片，上頭標題斗大寫著——

神祕的記憶花店，可以幫人找回遺失的記憶。

「記憶花店？假的啦！怎麼可能？」程博文嗤之以鼻。

「你如果說你不相信星座，我們就馬上分手！二話不說。」徐有熙突然表情嚴肅起來。

「你有事嗎？關星座什麼事啦……」

「屁咧，我們兩個獅子配天秤，超配，第一名速配。」

「你姊明明就是作家，怎麼你氣質差這麼多……」

「你說什麼！」

「我不懂星座啦，但我知道我最配你啦。」程博文親暱地揉了揉徐有熙的頭。

「知道就好。」徐有熙滿意地點點頭，又說：「但記憶花店耶，你不覺得超酷嗎？」

「等你錢被騙就不酷了。」

「聽起來就好神祕喔，不知道是一個怎樣的地方？」徐有熙一臉嚮往。「聽說只要有時間地點跟物品，就可以找消失的記憶。」

「你又沒有失憶。」程博文不置可否，瞄了一眼文章裡的地址，這地址……怎麼如此眼熟？這不是「菽薇花店」的地址嗎？

程博文搶過手機，驚訝地看著上面的文字，的確是自己工作的花店沒錯。

他想起了花店後方存在的小密室，在花店已經工作了近一年的自己卻從來未踏進去過，以及曹店長與砉砉姊老是神祕兮兮的模樣……還有在不尋常的時間與地點送花的事，一切都顯得可疑。

程博文原本還猜測是否花店私底下有在進行一些違法勾當，賣花其實只是掩人耳目……但找回記憶聽起來也太叫人匪夷所思了。到底花店後面的房間藏著什麼？

「可以找回記憶的地方啊……」徐有熙喃喃自語。

叮噹——叮噹——

上課鈴聲響起，徐有熙快速收起手機回到自己座位，程博文卻沉浸在思考裡。

遊樂園色彩繽紛絢麗，到處充滿著歡笑的聲音，小小身軀的曹學奕興奮地拉著母親的手往摩天輪跑。

「啊——」他的耳朵突然傳來尖叫聲，回頭一看母親不見了。

曹學奕慌亂地東張西望，豆大的淚滴不斷從臉龐滑落、彩色的棉花糖融化在手裡、人群伴隨著陣陣尖叫聲，在他周圍驚慌地逃竄著……

「媽咪、媽咪～～嗚～～」

一陣陰影罩了過來，曹學奕睜開眼看見母親的臉龐，興奮地伸手想抓住她，但張開手心卻看到鮮紅沾滿他的掌心。

曹學奕渾身是汗在床上醒來。

又作兒時的夢了，曹學奕大口喘著氣，這陣子次數越來越頻繁，頭痛的劇烈程度也加重，是不是該停止幫人尋找記憶呢？

窗外天已經亮了，曹學奕環顧四周，覺得眼前景物有點陌生，這才想起自己身在宜蘭老家。時間是早上七點，曹學奕從床頭拿起核桃罐吃了幾顆生核桃，盥洗之後步出房門。

自從父親搬回宜蘭後，每個月曹學奕都會撥出時間回來，陪陪父親，也試圖在母親留下的遺物當中，看是否有可以用來尋找記憶使用的物品。

「起床啦？咖啡在咖啡爐。」父親曹威治剛從菜園回來，手上拿著幾顆高麗菜。

「這些等下帶回台北，也分一顆給萏惟跟博文。」

「謝謝爸。」曹學奕雖然有點不情願，但沒有反駁，替自己倒了一杯咖啡。

「吃點早餐再走吧。」

「不用了，我還要趕回台北工作。」

「現在還早。」

面對父親的堅持，曹學奕也只能乖乖坐下。

「話說你每次回來，都在你媽的東西裡翻呀翻的，到底是在找什麼？」曹威治端上來一碗鹹粥。

「嗯……想看看有沒有關於我小時候記憶的東西。」曹學奕沒有說謊。

「你不是還會頭痛，為什麼要強迫自己？醫師不是說不要勉強自己去回想嗎？可能有一天就突然會想起來了。」

「我想試試。」

「都過去二十多年了。」

「爸不好奇發生了什麼事嗎？」

「兇手已經抓到、也判了死刑，事情已經過去了。」曹威治輕輕嘆了口氣。

曹學奕的腦海閃過紅色摩天輪的畫面。

母親是在摩天輪下方身亡的，當天狀況混亂，沒有人清楚到底發生了什麼事，只知道有人持刀隨機亂砍，最後造成了兩人死亡、十三人受傷。

兇手黃昱在一天後就落網，稱：「活著太辛苦，死亡才能解脫。」最後被判定為殺人罪，死刑定讞。

然而曹學奕對於新聞媒體或是大人們所描述的這些情節，都感到無比陌生。他不記得當時到底具體發生了什麼，母親如何遇害、兇手又是怎樣……全都是經由他人訴說而來，曹學奕沒有屬於自己的記憶。

「記起來有那麼重要嗎？」

「如果沒有記起來，就等於是不存在了！」曹學奕聲量突然加大，空氣凝結。

曹威治平靜地看著他，最後這樣說：

「傷心的事不要一直牢記著。」

「即使是傷心，我也想記得。」曹學奕語氣執拗。

曹威治聽了沉默不語。

用完餐後，曹學奕起身返回台北，帶走了母親的一副手套。

薮薇花店的巷口，一身黑的游莙惟正蹲在路旁。

「你在吐嗎？」曹學奕突然站在她身後問道。

「你才身體不舒服啦！」游莙惟起身嗆了回去，手指同時在手機上敲敲打打。

「好了。」

「什麼好了？」一問出口，曹學奕就後悔了。

「這個。」游莙惟秀出手機上的圖片說道：「剛剛在路邊發現了這個耳環，我把它上傳到我經營的社群上，讓原主可以找到。」

曹學奕想起了，有幾次他在花店內聽到她跟程博文閒聊，有提到在經營一個什麼「等待招領」的網站。

「你看，這些都是我在路邊發現的物品……」游萩惟滑著手機相片，興奮地跟曹學奕分享。「有這麼多喔。」

「怎麼都是晶晶亮亮發光的東西？」意興闌珊的曹學奕只是瞄了一眼，提出了這個疑問。

「咦？真的耶！你不說我都沒發現。」游萩惟也發出驚呼：「大概是它們比較容易被發現吧。」

曹學奕不置可否，繼續步向薮薇花店。

「對了，你今天怎麼來這麼早？還沒十一點啊。」游萩惟快步跟上。

「醒了，就來了。」

叮鈴鈴——

「歡迎光臨，薮薇花店。」程博文熱情招呼，一轉頭發現是曹學奕與游萩惟，看到兩人同時出現露出驚訝的表情，隨即趕緊趨前說：「有客人來了。」

往店內看，一位年約二十來歲的陌生女子正坐在櫃檯前，順著她的臉龐往下看，發現她的懷裡正抱著一個看似出生沒幾個月的嬰孩。小嬰兒睡得正酣熟。

「但她很奇怪，說不是來買花的，說是要買什麼記憶……我都聽不懂……」程博文輕聲地說。

「我們是花店，一定要買花的啊。」游若惟笑著對程博文說：「我來就好，你去忙吧。」

「但是……」

「今天的訂單很多，先麻煩你處理一下。」游若惟語氣認真。

「喔，好。」程博文只能訕訕地離開。

「小姐，請跟我來。」接著游若惟對陌生女子說，並領著她到會晤室。

除了熟悉的花香之外，空氣中還參雜著一絲奶酸味，曹學奕下意識用手指搔了搔鼻子。待曹學奕一坐下，游若惟隨即朝女子點了點頭，示意她可以開始說話了。

「請先從你的名字說起。」

「我的名字是陳怡蓁。」陌生女子緩緩開口，聲調溫柔，再仔細一看，她的臉上疑似有淡淡的瘀青未退。

曹學奕面露一抹疑惑，覺得這張臉有點眼熟，他瞟了游若惟一眼，但她正專注聆聽著陳怡蓁的話，未發現他的神情。

「放心，這不是家暴。」像是看出他的疑惑，陳怡蓁趕緊澄清道。

「像挫傷的痕跡，是意外嗎？」游若惟猜測著。

「車禍。」陳怡蓁點點頭附和。

曹學奕終於記起了在哪裡看過眼前的女子，原來她是幾個月前在醫院門口，渾身是血躺在擔架上跟自己錯身而過的那位孕婦。這麼說孩子平安生下來了。

「你今天來是想要找誰的記憶？」游若惟接著問。

「我丈夫，他的名字是阮文榮。」提起丈夫，陳怡蓁眼眶立刻泛紅。「那場車禍帶走了我的丈夫。」

啊——曹學奕在心裡發出一聲驚呼，是那位男子離世了。當時看起來傷勢嚴重的是陳怡蓁，沒想到正好相反。

「車禍發生時，他幾乎沒什麼外傷，但沒想到等孩子一生下來沒多久，就突然暈倒再也沒起來過了。」陳怡蓁擦著眼淚說：「就像是為了等孩子出生似的。」

「不是看起來好好的？」曹學奕不自覺脫口而出這句話，隨即意識到其他兩人疑惑的眼光，趕緊補充說：「剛才不是說沒什麼外傷？」

「醫師說是胸部受到撞擊，雖然沒有外傷，但造成了氣胸，後來併發血胸……太晚發現了……」陳怡蓁低聲啜泣著，身體不斷顫抖。「我連他的最後一面都沒有見到，嗚……」

「我們無法讓你跟他見面。」不理會陳怡蓁的眼淚，曹學奕插嘴道，語氣一貫地平靜。

「請節哀。」游菪惟溫柔地安慰著，同時把咖啡往曹學奕身邊推得更近，示意他喝咖啡少說話。

曹學奕面無表情地啜飲著咖啡、吃著生核桃。

「你知道我們是無法讓你跟往生者見面，也不能替你傳遞訊息過去嗎？」游菪惟說明著。

多數上門來菽薇花店尋找記憶的客人，都會懷抱著過多的期待與想像，因此每回都要不厭其煩地再次確認，以免產生落差。人們會誤以為這間花店裡有治癒人生傷口的靈藥，但其實沒有。

活著就會受傷，傷心都是歷程，人不會一夕之間就痊癒，而「好起來」是漫長的修煉。他們能做的，只是提供引子，至於長不長得出力量全得靠個人造化。

「我想找的是一個名字。」陳怡蓁語氣肯定，低頭看了襁褓中熟睡的嬰孩。「她的名字。」

「名字？」

「我們約定好，若生的男孩由我命名，若是女孩就由他。」

「雖然能看到往生者的記憶，但若是他腦中的思考的話，恐怕是做不到……」游若惟語氣有點為難。

「能不能試看看？時間已經快到了。」

「什麼時間？」

「報戶口的時間，能請你試試嗎？」陳怡蓁乞求著。

「記憶是需要透過行為才能產生的東西。」曹學奕補充說。

「真的沒辦法嗎？」陳怡蓁沮喪地垂下肩膀，眼眶濕潤。「那是他給孩子最後的禮物……」

「這……」游菪惟試圖想要說些什麼。

「很抱歉幫不上忙。」曹學奕下了結語，起身就要離開。

「我們無法確定對不對？」游菪惟看著嬰孩稚嫩的臉龐，感到於心不忍，突然迸出這樣一句話。

曹學奕回過頭看著她，同樣不發一語等待游菪惟的解釋。

「我們其實無法確定名字是不是回憶，」游菪惟急急地說：「或許阮先生曾把名字寫下來過，這樣就產生了記憶，對不對？」

游菪惟的話讓陳怡蓁燃起一絲希望，她熱切地望著曹學奕。

曹學奕繼續沉默，他看著眼前神色略顯憔悴的女子，再看著熟睡中嬰孩的面孔，鼻腔再度飄入一股陌生的、淡淡的奶酸味道。

或許是因為動了惻隱之心，也或許是曾經有過一面之緣的關係，曹學奕終於點頭答應了。

「我們試試。」

「謝謝你。」陳怡蓁眼淚再次湧了出來。

「後天見。」約定好時間地點後，游著惟目送陳怡蓁離開。

「她是誰？」程博文的聲音突然出現，嚇了游著惟一跳，他從剛剛就一直躲在會晤室外偷聽，但怎樣都聽不到一絲聲音。

「客人。」游著惟簡短地回答，轉身開始整理起花材。

「她沒有買花啊？她來做什麼？」程博文繼續纏著她。

「沒你的事，快去忙。乖，吃糖。」游著惟熟稔地從口袋掏出一根棒棒糖。

「他來做什麼啦～～」程博文收下棒棒糖，但這回沒打算罷休，他撒嬌地說：「告訴我嘛，著著姊……」

「這是大人的事，小孩不用管啦。」

「好歹……我也是花店的一份子吧。」見游著惟不肯鬆口，程博文使出大絕。

「你們每次都那麼神祕，老在奇怪的時間要我送花到奇怪的地點，上次還半夜送玫瑰、還有之前的游泳池，我從沒抗議過，好歹我也應該知道自己在做什麼吧？」

聽著程博文的話，游著惟沉默了幾秒，才說：「下次，下次跟你說。」

「你保證？」程博文喜出望外。

「保證。」

「打勾勾，不能反悔。」

叮鈴鈴——

有客人上門。

「歡迎光臨，菽薇花店。」兩人異口同聲地說。

兩天後。

「這到底是什麼啊？你看得出來嗎？」游著惟就著陽光，不斷想要看清楚戒指上三顆綠色寶石裡頭的物質是什麼。

曹學奕只是瞟了戒指一眼，安靜地嚼著生核桃。

「不像是翡翠，裡頭看起來像是有草或葉子……造型也很特別，沒見過這樣的戒指。」游莙惟瞇著眼睛端詳。在她手上的是一枚金色戒指，上頭鑲著三顆綠色相連的寶石。

時間是傍晚四點，他們兩人依約來到醫院門口，等待著陳怡蓁。

「病房沒有問題？」曹學奕問道。

「事先已經跟病人商量好了。」游莙惟小心翼翼將戒指收進棉袋裡，對曹學奕比了個花錢了事的動作。

曹學奕點點頭，再抬起頭就看到陳怡蓁從不遠處走來，手上一樣抱著女嬰。

「你要一起上樓嗎？還是在等候區等？」進入醫院後，游莙惟貼心問著。

「我在樓下等你們。」陳怡蓁看了襁褓中熟睡的嬰孩，這樣回。

五一一病房是一間六人房，除了最靠近窗戶的那張病床，其餘都住著病人。

當一白一黑的曹學奕與游莙惟同時進入病房時，顯得十分突兀而引起側目，但兩人已經習慣，神色自若地走向最內側的位置。

唰——

游菪惟拉起布簾，將病床隔出了一個小空間，暖色系的布簾像是將人溫柔地擁抱著一樣。

「準備好了？」游菪惟環顧了四周，接著轉頭詢問曹學奕。

曹學奕看了時間，輕點了頭，熟稔地脫去鞋子、坐在病床上，他赤腳平貼著地板，接著將白絲布蒙在自己眼上、雙手交疊擺至丹田處，呼吸靜止。

游菪惟將方才那枚戒指擺放至他的掌心。

香味逐漸瀰漫，不斷向曹學奕身體湧來，他開始感受到自己被花香給包裹著，身體像是被托住般下沉與升起；他再次深深吸口氣，想更明確感受出花香來源。

梔子花？……紫羅蘭？

一股淡雅的花香圍繞著曹學奕，可是他卻無法明確判斷出是屬於哪種花，他更加用力地緊閉雙眼，將思緒專注在大腦，試圖辨識盈滿在鼻腔裡的香味。

……蘋果花？難道是橙花？

曹學奕努力想要抓牢味道，但每回一凝聚卻又再次散去，始終無法明確判斷。他的手掌因為過度用力而微微顫抖，臉色泛白、額頭冒出豆大的汗滴不斷滑落。

游若惟見到他的狀況不對，正準備終止召喚時，曹學奕終於開口了：

「香水百合。」

「香水百合。」游若惟聞言迅速打開工具箱，熟稔地挑出百合花香精油，各滴了一滴在曹學奕蒙眼的白絲布上與掌心的綠寶石戒指上。

唰——百合花香味襲來，眼前出現白花花的色調，像是一陣迷霧，曹學奕感到身體劇烈震動，風聲颯颯地往耳旁颳過，他再次用力地閉緊雙眼、汗水直冒，突然嘈雜的聲音從四面八方襲來：石子磨擦的聲音、尖銳的電鋸聲、厚重的敲打聲，還有冷風刮臉的刺痛感……再一次睜開眼，眼前的畫面變成了工地。

轟轟——轟轟——

高聳的鷹架包圍著水泥建築，頭戴橘黃色工地安全帽、身穿反光背心的工人來回穿梭，有的搬運磚塊、有的扛著鋼筋、有的鏟除碎石……時值冬天，阮文榮肩扛著一袋水泥走在鷹架間，他的臉龐剛毅、皮膚略顯黝黑，雙唇因為乾燥而裂開。

「阿榮，搬完那袋就休息，便當來了。」工頭喊叫著阮文榮。

「好。」阮文榮大聲應回去。

卸下肩上的水泥袋，洗過手後，阮文榮從油膩膩的塑膠袋裡拿出一個便當，坐在工地一角吃飯。

「阿榮，過來一起吃啊。」其他工人見阿榮一人孤伶伶，吆喝他一起。

「阿榮喜歡一個人吃啦，不要煩他。」不等阮文榮回應，工頭已經率先插了話。

阮文榮只是笑著點點頭，工頭向來很照顧他。

三兩口快速扒完飯，工人們紛紛利用最後一點時間在工地角落找塊空地小憩，只有阿榮從背包裡拿出一本略顯殘破的筆記本，開始畫畫。

「這是百合花，對吧？」一個女子聲音傳來。

阮文榮不確定對方是否在跟自己說話，但仍是抬起頭觀看，有一位女子正站在他的前方，看他畫畫。阮文榮一時感到有些慌亂，想把筆記本藏起來。

「你畫得好棒喔，我沒有畫畫天分，很羡慕會畫畫的人。」女子蹲到阮文榮身邊仔細端詳著畫，一股淡淡的香味傳來。

女子臉龐乾淨明亮，身上也沒有一絲髒污，完全不像是在工地出沒的人。阮文榮慌張地東張西望。

「我可以看其他的畫嗎？」

「什麼？」面對女子的提問，阮文榮只能呆坐在原地吐出這一句話，愣愣地遞出手上的筆記本。當看到對方乾淨的手指後，他下意識地閃躲碰觸。

「真的很會畫圖耶，你是美術科系嗎？」女子翻著畫，發出讚美，接著突然冒出一句話：「咦，你不是台灣人？」

阮文榮聽到，心臟漏跳半拍，驚訝地看著她。

「你寫的字不是中文。」女子指著畫作下方的文字說道，那是每幅畫的名稱。

「越南。」阮文榮點點頭回覆，有點窘迫。他來台灣已經多年，很努力學中文，尤其是口音，除非是在特別緊張時，不然多數時候說話不會馬上就被察覺到。

「原來是越南文。」女子一臉恍然大悟，又問：「你很喜歡花？」

阮文榮一臉迷惘，疑惑眼前這個陌生女子怎麼知道自己的事？

「你畫的都是花，這個字是什麼意思？」女子指著方才那幅畫下方的字問道。

「百合花。」阮文榮聽了笑著回，他的每幅畫名都是花名。

「會畫畫的手是老天爺給的禮物……」女子由衷地說著，將筆記本遞回時，突然盯著阮文榮一直看。

阮文榮雙頰立刻紅了起來，隨即別開視線。

「你的嘴唇都乾裂了，很痛吧。」女子接著說，阮文榮聞言摸了摸自己的嘴唇。

「小妹，我在這裡。」不遠處突然傳來工頭的聲音，女子喊了一聲「爸」回應。原來是工頭的女兒。

「這給你，搽嘴唇的。」女子從包包裡掏出一罐橘紅色護唇膏，塞到阮文榮手上說：「我才用過一次，你將就點用，下次帶一罐新的給你。」

語畢，女子便起身跑向父親，嘴巴喊著：「又忘記帶手機出門，還好我今天休假，不然誰可以幫你送過來。」

下次……？阮文榮打開護唇膏蓋子，一股香味飄來，他盯著上頭淺淺的蜜蠟凹痕發呆。

一週後，一個晴朗的冬日。

「hoa ——huệ——tây，百合花是這麼唸，對吧？」女子聲音再度出現，正埋首畫畫的阮文榮抬起頭，看到眼前女子的臉孔，他的心跳漏掉一拍。

「差不多唸對了，hoa huệ tây。」阮文榮再重複一次發音。

「hoa huệ tây——對了，有東西給你，」女子跟著唸了一遍，接著從包包裡拿出一罐未拆封的護唇膏說：「你是男生，我幫你選了薄荷口味。」

阮文榮連忙揮著手拒絕，一陣慌亂。

「我不喜歡薄荷，給你啦。」女子硬將護唇膏塞到阮文榮手上，瞥見了他手上的畫，驚叫了出來。「這是我嗎？是我啦，對吧？」

阮文榮滿臉通紅地點點頭。向來只畫花的他，因為她畫了第一張人像畫。

「從來沒有人畫過我耶，可以送我嗎？」女子開心地看著自己的畫像。

「你……想要？」阮文榮有點不敢相信自己聽到的。

「我會好好保存。」

「那……下次，下次你再來，我再給你。」阮文榮有點口吃地說著。

「下次？」女子露出疑惑的神情，但隨即轉為笑臉。「好呀，下次。我叫陳怡蓁。」

「他們叫我阿榮，阮文榮。」

「那就下次見。」陳怡蓁伸出她白淨細嫩的手，握住阮文榮污黑粗糙的大手，露出燦爛的笑容，接著她用力地揮了揮手道再見，輕快地跑出工地。

阮文榮呆愣在原地。隔天他去買了一個畫框將畫裱裝起來，並細心地包上最貴的包裝紙。他每天都帶著禮物出門，小心翼翼地用棉布包裹深怕損壞，阮文榮時常全身都沾滿了塵土污漬，但包裝紙始終亮麗如新。

「送我的？畫？」又過了一週，畫終於交到了陳怡蓁手上，她開心地露出笑容。

阮文榮點點頭，羞赧地看著陳怡蓁。

「那下次我請你吃飯當作回禮。」

「不用、不用。」阮文榮連忙揮手拒絕。「送給你畫，我很開心。」

「我也很開心，所以才要請客啊。」

「小妹，我在這裡。」突然工頭的聲音插了進來。

「爸，我帶了養生茶來給你。」陳怡蓁回頭喊道，將禮物收進包包中，迅速拿出兩個保溫瓶，將其中一個塞到阮文榮手裡。「讓身體有力氣的，以後我們約在外面見面吧。」然後奔向父親。

「最近你幹麼常往工地跑？一個女孩子弄得髒兮兮的……」工頭一邊抱怨著，收下養生茶時卻笑合不攏嘴。

阮文榮張大嘴巴看著手上的保溫瓶，瓶身上貼了一張便條紙，上頭寫了一支電話號碼。他愣愣地看著上面那串陌生的數字，一股甜蜜從心中溢出。

隔天，阮文榮奮力刷洗自己的雙手、一遍又一遍，到後來肥皂泡泡無論怎麼搓揉都始終潔白，他才甘心。在狹小的宿舍中，阮文榮以近乎神聖的態度將陳怡蓁的電話號碼輸入自己的手機，他鼓起全身的勇氣撥出電話，手不斷在顫抖、呼吸急促，電話的嘟聲像是一輩子這麼漫長，直到那頭傳來她的聲音他才鬆了口氣。

「喂。」阮文榮的聲音也在顫抖。

「喂，是阿榮嗎？」陳怡蓁立刻就猜出是他。

「對，我是阿榮……」

「我們約哪天呢？你哪天放假？」正當阮文榮還在思索該說些什麼的時候，陳怡蓁率先開了口。

「我……我星期日上午去完教會後就有空。」

「好，就約那天，時間地點我再傳訊息給你。」掛掉電話，阮文榮愣在原地呆呆傻笑。

週日，阮文榮穿上了自己所擁有的最貴的衣服。

陳怡蓁帶他去了一家台菜餐廳，裝潢簡單雅致，她笑說：「我怕你以為台灣菜就是便當那樣。」然後又去逛了花市，這些都是阮文榮從沒有來過的地方。

多數時候，都是陳怡蓁帶路、阮文榮跟著，可是他很開心。彷彿這輩子都沒有這麼開心過。

「她旁邊的男生是外勞嗎？」在一起時，偶爾會聽到這樣的耳語，阮文榮總是壓抑住心中的慌亂。

然而陳怡蓁只是微笑看著他，絲毫不受影響。

「有的人並不知道自己的話充滿惡意。」送陳怡蓁回家到巷口的時候，她這樣跟他說。

「我來台灣很久了，大家都對我好。」阮文榮回應道。

「你也很好。」陳怡蓁笑回，接著又說：「下次見啊。」然後轉身進入家門。

「下次」成了他們的代號，這次完還有下次，等下次變這次後，又會再產生另一個下次。「下次」變成了綿長的接力賽，他們擁有了無數個下次，地點從工地轉換到每對情侶會去的所有地方。

阮文榮始終還是用著那罐橘紅色的護唇膏，他將那張寫有電話號碼的便條紙折成一個心型，擺在自己的錢包裡，像是護身符。

「叩、叩、叩。」

幾個月後，一個下著大雨的夜晚，陳怡蓁出現在阮文榮的宿舍門口，雙眼紅腫，她聲音顫抖地說：

「你想要孩子嗎？」

阮文榮用力點點頭，抱住了全身濕淋淋的她。

隔天，阮文榮被工頭狠狠揍了一頓，這個他口中咒罵著「忘恩負義」、「癩蛤蟆想吃天鵝肉」的人，開始了與他女兒一起的生活。

阮文榮搬離了狹小的宿舍，租了一層公寓；他換了一個工地工作，晚上則用這幾年工作的所有積蓄在夜市租了一個攤位，開始賣起越南小吃。陳怡蓁則再也沒有回去那個從小長大的家。

阮文榮沒說過一次他們不配，只是用盡全身的力氣在努力。

如同每一次聽到「他老公是外勞耶」的話語時，他都更加用力握住陳怡蓁的手。

由於在工地工作緣故，他的身上總是不時會出現大大小小的傷口，卻沒聽他喊過一次疼；公證結婚前一天，阮文榮又帶著滿身的傷回家，他說「在工地受了傷」，陳怡蓁習以為常地糗著他：「明天結婚你會很醜。」阮文榮聽了只是傻笑。

晚上，阮文榮埋首在書桌前，就著昏黃的燈光，小心翼翼地勞作著；他用佈滿傷痕的手，在放大鏡下仔細地將一片片細小的綠葉碎片混入透明的 UV 樹脂膠裡，再用竹籤雕塑成三顆綠豆般大小的橢圓形，接著照燈凝固，最後再黏合在金色的戒圈上。

「有天我會買一枚真正的戒指給你。」公證前，阮文榮單膝下跪，將戒指套在陳怡蓁手上。

陳怡蓁眼眶含淚，看著手上的綠色造型戒指在陽光下反射著光芒。

「這三顆綠色的橢圓是什麼？」

「在我們越南有個習俗，娶老婆時要準備檳榔與荖葉，象徵圓滿幸福。」阮文榮也眼眶含淚，他牽起陳怡蓁的手凝視著她說：「雖然我現在無法讓你過好生活，但我會拚命讓你幸福。」

「你的越南腔跑出來了。」陳怡蓁一手撫摸著阮文榮的臉龐，一手摸著自己逐漸隆起的肚子，臉上充滿溫柔神情地說：「你喜歡男孩，還是女孩？」

「女孩，像你一樣漂亮。」

「如果是女孩，名字就讓你取；男孩我取。」陳怡蓁接著又說。

「我可以嗎？」阮文榮喜出望外。

「你是孩子的爸爸啊。」

阮文榮聽了又叫又跳，陳怡蓁覺得他很傻氣。

無論工作如何再辛勞，阮文榮都沒有錯過任何一次產檢，即使不富裕，仍是堅持每一次都要做超音波檢查以及各種健康檢查，並不斷詢問著「我家寶貝健康嗎？」陳怡蓁笑他太緊張，而他只是看著超音波相片一個勁地傻笑，並仔細地在背面寫下日期與週數。

隔日，阮文榮特地提早出門，在上班前先到一處老公寓，將一封信投遞到信箱裡，接著用手機傳了訊息後離開。

抵達工地，阮文榮熟稔地戴起工地安全帽、穿上反光背心，開始一天的工作。碎石頭的巨大聲響、鏟磚瓦時金屬磨擦地板的尖銳聲，還有板模堆疊的碰撞聲……轟隆隆地各種聲音不斷竄進曹學奕耳朵，聲響越來越劇烈，花香味再度飄來……曹學奕冷汗直冒，全身開始顫抖。

轟轟——轟轟——

轟轟——

游碧惟見到滿臉蒼白的曹學奕，覺得情況不對，隨即用手指輕輕敲打了他的肩膀三下，接著趕緊解下他臉上的絲布。曹學奕睜開眼，面前是醫院病房的暖色布簾，他回到了現實。

「有看到嗎？」

「失敗了。」曹學奕搖了搖頭。「沒看到名字。」

「今天狀況似乎不太好，你的反應比往常更加劇烈。」游碧惟露出擔憂。

曹學奕靜坐在病床上，全身已經濕透。

「你休息一下，我先下樓去跟陳小姐說明。」語畢游碧惟便起身準備離開病房。

「先等一下。」曹學奕出聲制止。

游碧惟一臉疑惑地看著曹學奕。

醫院等候區。

陳怡蓁正坐在長長的排椅上餵奶，此時嬰兒已經醒來，正用力吸吮著奶瓶裡的牛奶。見到曹學奕與游莙惟下樓，她露出期盼的表情。

「有看到名字嗎？」

「沒有。」游莙惟搖搖頭說，並遞回戒指。

「真的沒有？」陳怡蓁沮喪地垂下肩膀，低下頭對著懷中的嬰孩說：「對不起……」眼眶頓時紅了起來。

「沒幫上忙，很抱歉。」游莙惟遞上面紙安慰著陳怡蓁。

「他最大的心願只要小孩能平安健康長大就好。」站在一旁的曹學奕突然吐出這句話：「所以他才會每次產檢都堅持要照超音波，不厭其煩地問醫師『我家寶貝健康嗎？』，不是嗎？」

陳怡蓁抬起頭望著曹學奕，隨即又低下頭看著嬰孩點著頭，淚水不斷滑落。

「只要小孩健康就好……」

「小妹……」突然一個男聲插入。

陳怡蓁聽到熟悉的聲音，抬起頭果然看見父親正站在面前，她略顯慌張地看著曹學奕及游若惟。

「阮先生的記憶裡有支電話，所以我們聯繫了他，擅作主張很抱歉。」游若惟解釋著。

「爸……」陳怡蓁看到父親，起身就要跪下。

「注意你的身體……」陳爸爸連忙扶起陳怡蓁，安慰地輕拍了她的肩膀。他靜靜地凝視她，眼裡透露著不捨，半晌後終於說：「這是我的孫女嗎？跟你一個模子印出來的。」

陳怡蓁用力點點頭，眼淚不斷溢出。

「你們公證前一天，阿榮有來家裡找我，請求我同意讓你們結婚，」陳爸爸露出一抹苦笑說：「不過我又揍了他一頓，把他趕了出去。」

「爸……」陳怡蓁想起公證前一晚，阮文榮身上的傷。

「後來，我在信箱收到這個。」陳爸爸邊說邊從口袋裡拿出幾張相片。「每一次你去產檢照的超音波相片，阿榮都會送一份過來給我，每回都放在信箱、傳了訊息給我後，就離開……」

陳怡蓁聞言驚訝得說不出話，她從來都不知道這些事。

「真是個老實的孩子啊……」

「嗚……嗚……」陳怡蓁看著超音波的相片，哭得更厲害。

「這個……是孩子的名字吧？」陳爸爸翻出其中一張超音波相片，背面寫著「Nguyễn Tâm」。

不只陳怡蓁睜大雙眼看著父親，在場的曹學奕及游菪惟也一臉不可置信。

「『Nguyễn』是『阮』，『Tâm』則是『心』的意思。」略懂越南語的陳爸爸解釋著：「阿榮應該是希望自己的女兒是個善良體貼的人吧……」

「阮心。」陳怡蓁默唸著名字，低頭輕輕握住女兒的小手，感受她的體溫說：

「你的名是心，是爸爸幫你取的名字喔。」

「我可以抱抱她嗎？」陳爸爸怯怯地問。

陳怡蓁露出欣慰的神情，點點頭讓父親接過小孩。

「哎呦，好久沒有照顧嬰兒了，不知道有沒有忘記啊……」陳爸爸看著懷裡的稚嫩臉龐，露出溫柔的神情。「心心，你要健康長大啊。」

阮心則轉著咕嚕大眼打了一個呵欠當作回應，眾人見狀紛紛笑了出來。

「真不愧是曹學奕耶，連溫暖的話都可以講得這麼冷酷。」

送走陳怡蓁父女三人後，游著惟忍不住損了曹學奕，一轉頭卻發現他正蹲在一旁乾嘔。

「你怎麼了？」游著惟連忙上前關心。「今天狀況真的很不好，剛剛進行儀式時也是滿臉蒼白，看起來很痛苦……」

「檳榔花。」曹學奕抱著頭，吐出這句話。「不是百合花，是檳榔花。」

「所以是因為這個原因……」游著惟恍然大悟。

「因為兩者味道接近，所以我搞混了……雖然找得出記憶，但會不完整，也需要耗費更多精力……」

「頭很痛？」

「我休息一下就好。」曹學奕抱著頭說道。

「萫萫姊。」突然傳來程博文的聲音，他送了一束香水百合過來，從大老遠就喊著游萫惟的名字。

「寶貝文文你來啦，今天比較晚喔。」游萫惟迅速換了表情，報以微笑。「謝謝你送花過來。來，獎勵。」隨即從口袋拿出一根棒棒糖。

曹學奕好奇她口袋裡到底藏了多少糖果。

「哇，好開心……咦，曹店長還好嗎？怎麼蹲在地上？」

「他沒事。店裡沒人，你快回去顧店，走、走、走、走。」游萫惟邊催促著程博文離開邊喊著：「我等下就回去，等會兒見。」

待程博文一離開，游萫惟也將曹學奕推上了計程車。

「你直接回去休息吧，後面的我完成就好。」

將百合花束擺放到五一一的病床，結束後面的儀式後，游萫惟回到菽薇花店。

她直接進入蒸餾儲存室中，例落地打開黑色的工具箱，從密密麻麻的試管之中取出剛才的試管，裡頭有一張委託單與一瓣百合花瓣；接著她打開黑色儲存櫃，裡面排滿了一列列的試管，每支試管中都有一張委託單與一瓣花瓣，這是所有曾經委託過的案子。

游莙惟的指腹輕滑過玻璃瓶身，想起了自從與曹學奕再次相遇以來發生的事，摩天輪、彩色氣球、爆米花與喧鬧聲……這些零碎存在於他腦中的片段，還有他不時犯的頭痛，她都無能為力。

游莙惟嘆了一口氣，將今天的試管擺在存有紫玫瑰花瓣的試管旁邊，然後離開儲存室。

關上花店的門，游莙惟看著一片漆黑的薮薇花店招牌，隱身在黑夜中的它不太容易引人注意，但這個毫不顯眼的地方，卻承載了一些人的希望，多少人在這裡找到生命的慰藉，那些關於逝去的割捨與拾獲……

「僅存的希望。」她想起先前曹學奕說的話。

然而，曹學奕他自己的希望呢？只要是存在過，就會產生記憶，但沒有人記得、也找不回來的記憶，還稱得上是記憶嗎？

當初會跟曹學奕一起經營花店只是陰錯陽差，原以為僅是短暫的過程，沒想到現今卻成了一條似乎看不到盡頭的道路，她甚至開始懷疑，是否永遠找不到關於他母親的回憶？游菪惟深深嘆了口氣。

叮叮——

訊息通知，有人傳了私信給「等待招領」：

謝謝你幫我找到這支鋼筆，這是我姊最喜歡的一支筆，不知道跑去哪裡了，現在能找到真的太開心了，很謝謝你。

游菪惟點開相片附檔，是一支筆身貼著小小彩色水鑽的鋼筆。

或許某個層面來說，其實「等待招領」也是幫人找回記憶的一種方式。那些丟失在城市角落的物品，可能是某個人珍貴的紀念、也可能是充滿意義的東西……只要能夠再尋回，就像是找回自己某部分的回憶一樣。

「太好了。」游萫惟露出開心的微笑，關上花店的門。

游萫惟離開後，程博文悄悄出現，他小心翼翼地開了門進去，毫不遲疑走向後頭的會晤室。門沒鎖，一打開就滿室花香撲鼻而來，各式各樣的花卉陳列在角落，像是櫥窗布置般美麗，中央則擺著桌椅。

「看起來沒什麼啊。」程博文喃喃自語。

今天其實他一直都在跟蹤曹學奕及游萫惟兩人，先是去了醫院，看到前兩天上門來的那位女子出現，然後再跟著他們上樓進到五一一病房。

他偷偷摸摸一起進去病房，隔著布簾想要偷聽，但只聽到「準備好了？」這句話，接下來就是一片寂靜，不知道過了多久後，才又聽到「香水百合」這個花名，接著便收到了游萫惟傳來的訊息，上頭就是剛剛說的花名，於是趕緊離開回花店取花再折返送過來。

程博文環顧會晤室，除了花卉後面有一個上鎖的小置物櫃外，其餘沒有什麼特別之處，最後才又發現另一道牆還藏著一扇門，使用的是密碼鎖。他隨意按了幾組數字都沒能打開，一直到電子鎖被鎖住後，才放棄嘗試，只能悻悻然離開。

「到底門後是什麼？」轉身步出花店時，程博文仍在叨唸著。

菽薇花店依舊靜靜佇立在夜幕之中。

NO.05/

未來會在
未來等你

「楊阿姨好久不見，今天難得您也一起來。」一見到張嬿羽，游菪惟便開心地打招呼。

「是姊姊，不是什麼阿姨。」程博文插嘴道。

薮薇花店門口，楊顯岳正將粉色洋桔梗從小貨車上搬下來，程博文在一旁幫忙。

「博文真會討人開心。」年紀約莫四十初的張嬿羽開心笑著，又說：「今天我生日，老公特地帶我從彰化上來台北吃大餐，一年一次的約會。」

「天啊，楊伯伯好浪漫喔。」游菪惟誇張地說著，衷心讚美道：「難怪今天穿得很漂亮耶。」

「還不是我平常都待在溫室裡工作、全身都弄得髒兮兮，他為了補償我，才帶我出來。」

「原來張姊姊是射手座，我是獅子座。」程博文說。

「我是雙子。」游菪惟舉手說道。

「那學奕呢？」張嬿羽突然問。

「他……」游菪惟突然語塞，才想到跟曹學奕一起工作這麼多年，卻從來沒有聽他提起自己的生日。

「對耶，沒聽曹店長說過自己的生日。」

「他悶葫蘆座啦。」游碧惟隨便糊弄。

「呵呵，楊伯伯是五月出生的，是什麼星座？」

「五月是我的前一個月，應該是金牛。」游碧惟補充道：「很固執的星座。」

「她說什麼？」發現游碧惟正看著自己，楊顯岳比了手語問道。

「她說你的花很好。」張嬿羽用手語回答。

「謝謝。」楊顯岳開心地笑了。

「要不要我去叫曹學奕出來？他在後頭。」待花都卸下來後，游碧惟問道。

「不用、不用，他在忙不打擾他，有的是機會再見。」張嬿羽回答，揮了揮手道再見。

「下次再來玩喔。」

「張姊姊生日快樂，要幸福喔。」程博文手比出大大的愛心。

送走楊顯岳夫婦，正準備轉身進入花店時，有一個熟悉的身影從對街走了過來。

「有熙？」程博文朝她大力揮手叫喊著。
「你怎麼在這裡？」徐有熙嚇了一跳，連忙跑了過來。
「我在這裡上班啊，我才想問你怎麼在這裡？沒去上班？」
「嗯，上午休假……」徐有熙有點吞吞吐吐，看了門牌上的地址，再看看手機裡的網頁。
「你好啊，想必你是寶貝文文的女朋友吧？」游著惟笑說：「常聽他講到你，終於見到面了，真的是個美女耶。」
「就說吧，我家有熙是全世界最漂亮。」程博文親暱地牽起她的手。
「寶貝文文……」徐有熙露出疑惑的神情。
「啊，你別誤會，是著著姊叫我的暱稱啦……」
「你放心，我把程博文當寵物看。」游著惟勾住徐有熙的手，往店裡走。「你也可以叫我著著姊，我會幫你看好男朋友，放心。」
「什麼寵物啦！」程博文發出抗議。
「你來買花？要送誰的？」進到花店，游著惟問道。

「請問送給過世的人，什麼花適合？」徐有熙語氣有種飄移。

「你是要去看姊姊？」程博文喊叫了出來，隨即趕緊閉上嘴。

「其實沒有一定，主要是看對方喜歡什麼花都可以。」

「我不知道她喜歡什麼花……」

「這樣啊，馬蹄蓮或龍膽是比較常用的選擇，你可以考慮。」游莙惟說，停了幾秒後又試探地詢問：「還是姊姊喜歡什麼顏色？」

「顏色啊，我也不清楚……」徐有熙一貫的游移神色。

「你怎麼什麼都不知道啊，她真的是你姊姊嗎？」程博文取笑道。

游莙惟開始懷疑眼前的女孩是不是真的要送花給她姊姊了，既然這麼不親，怎麼會特別來買花去看她呢？

「那個，我想請問一件事，」徐有熙吞吞吐吐。「這個是真的嗎？」

游莙惟接過她遞來的手機，螢幕上的文章標題寫著：「神祕的記憶花店，可以幫人找回遺失的記憶。」

「你來花店是為了這個，不是說過那是騙人的嗎？」程博文大聲嚷嚷著，接著又轉頭問一旁的游萻惟說：「是騙人的吧？」
但游萻惟卻沉默不語，只是盯著他們兩人看。
「這是惡作劇對吧，萻萻姊？」
「你想找誰的記憶呢？」半晌後，游萻惟終於再度開口，她這樣問徐有熙。
「我姊姊。」
「跟我到後面。」一如猜測，游萻惟點點頭領著她到會晤室。
程博文理所當然也跟了上來。
游萻惟看了他一眼，像在思考什麼，接著才吩咐：「門先去關上。」
「差點忘了。」程博文匆匆忙忙去鎖上門，掛上「外出中」的牌子。
打開會晤室，映入眼簾是滿室的花卉。
「好冷喔！」程博文打著哆嗦，佯裝是第一次進來這裡。「原來裡面長這樣，我還以為有什麼怪物咧。」
「你不是一直想要知道花店的祕密？」坐下後，游萻惟問他。
「對，你要告訴我了？」程博文喜出望外。

游菪惟點點頭，開始向他們說明尋找記憶的程序，以及他們能做到與不能做到的事。這些事情她已經說過上百次，可是從沒有厭倦過，大概是因為她從每個不同對象身上看到的，都是包含著企求與悲傷的神情吧。

她無法勉強聽到的人相不相信，但不變的是她始終希望活著的人能夠好好的。即便殘破、即便傷痛……都能好好活著，唯有繼續活著，才能生長出新的希望。

「哇靠！沒騙人？」聽完說明，程博文率先發出驚嘆。「所以那些說沒有要買花的客人，都是找記憶的人？包含那個網紅 MFK 也是？」

「你確定要找記憶？」游菪惟不搭理程博文，轉頭問徐有熙。

「確定。」徐有熙答。

「等一下，」程博文抓住徐有熙的手，認真地詢問游菪惟道：「不會有副作用吧？」

「副作用就是你在旁邊很吵。」語畢，游菪惟按下蒸餾儲存室那面牆上的按鈕。

蒸餾儲存室的天花板，突然閃爍著一抹淡淡的暖色燈光。

一身白的曹學奕關掉燈光，隨即放下手邊正在清理的黃色鬱金香花瓣，安靜的黃色燈光，是當他專注埋頭於工作時，與外界聯繫的方式。

曹學奕帶著生核桃罐打開了房門，全身黑的游萡惟與程博文，以及另一位年約二十歲的女子坐在會晤室裡。

曹學奕露出疑惑與些微驚訝的表情。

「這位是委託人，而旁邊這位是她的男朋友。」游萡惟有點無奈地介紹。

「曹店長好，沒想到你有超能力耶，好酷。」程博文一貫的放鬆。

聽到超能力這個詞彙，曹學奕稍微皺了一下眉頭。他挑了張空椅子坐下，不時吃著生核桃。

「有熙，你可以開始說了。」

「我叫徐有熙，我想找我姊姊的記憶。」徐有熙緩緩地說，語氣有點緊張。「她在兩個月前去世了，是意外，交通意外。」

「你為什麼想要尋找她的回憶？」

「我想替她完成她的夢想。」

「夢想？」

「我姊姊是一個作家，得過一些文學獎，出書一直是她最大的夢想。去年好不容易跟出版社簽約了，預計今年要出書，沒想到……」

「我們無法讓你姊姊附身在你身上寫作喔。」曹學奕冷漠地插著話。

游萫惟白了他一眼，示意徐有熙繼續說沒關係。

「其實姊姊的書已經寫完了，只是後來她對結局不滿意，於是又修改另一個版本，但還來不及決定要用哪個結局。」

「所以你是想知道，她比較喜歡哪個結局嗎？」

「嗯，其實我跟姊姊不親……是上週突然接到了出版社的電話，才知道她要出書的事。」徐有熙語氣有點愧疚。「出版社本來是要問我，知不知道姊姊比較喜歡哪個結局？但我一點都答不出來……我覺得好難過……」

「有熙……」程博文輕拍她的背安慰著。

「我知道就算真的找回記憶，也不一定有答案，但我還是想試試。我很想幫她完成夢想。」

在場的人都沉默著。

「有她的遺物嗎？」半晌後，曹學奕再次開口，看來是決定接受委託了。

「有，我有帶。」徐有熙從提包裡翻出一個絨布盒子，拿出一支筆身貼著彩色水鑽的鋼筆。

游萻惟一眼就認出眼前的物品，就是不久前在「失物招領」所收到的感謝訊息裡提到的那支鋼筆。

其實緣分是有道理的，因為裡頭的兩個人對同一件事物或是彼此，有了強大的牽掛，於是才產生了羈絆。

收下鋼筆，他們約定了一個時間地點。

午後，車水馬龍的十字街口，曹學奕與游萻惟一白一黑出現在路口，路人紛紛回報予疑惑的眼神。

「這裡、這裡。」程博文與徐有熙已經等在約定地點，程博文用力揮手大喊，並原地跳著。

「他是不是有點笨？」曹學奕忍不住嘀咕。

「他是寵物。」游菪惟卻笑了出來。

「好，現在要怎麼進行，我要做些什麼？」程博文看起來有點興奮。

游菪惟也開始覺得他是不是真的有點笨了。

「你只要做一件事就好。」

「什麼、什麼？」

「閉上你的嘴。」

程博文用手在嘴巴上比劃出關上拉鍊的手勢。

「今天麻煩你們了。」徐有熙禮貌地點點頭。

曹學奕環顧偌大的路口，最後視線停在馬路中央的位置。

「太危險了。」看出了他的意圖，游菪惟直接制止。

「候車亭。」曹學奕指著馬路中央說道：「那個位置比較適合。」

游著惟看著候車亭不甚寬敞的月台，勉強點頭同意，同時特地回頭對程博文說：

「你陪有熙在這裡就好。」

原本蠢蠢欲動的程博文，只能悻悻然待在原地。

車聲嗖嗖從身邊呼嘯而過，站在候車亭上游著惟仍是感覺不安全，正想改變心意時，卻看到一旁的曹學奕已經脫下鞋子赤腳踩在月台上頭，神情亦安若泰山。

他緩緩呼吸著、輕輕閉上眼睛，不等游著惟詢問，便將繫在手臂上的白絲布蒙在眼上、雙手交疊放置丹田處。游著惟見狀趕緊拿出鋼筆擺置在他的掌心中。

曹學奕感受著空氣的變化，氣流慢慢凝聚成淡淡的粉黃色調，點點的粉色光點圍繞在他的四周，一股暖風從他臉上輕拂而過，他深深吸了一口氣後說道：

「黃色風信子。」

「黃色風信子。」游著惟重複一次，迅速地從黑色工具箱中挑出一支試管，並在絲布與鋼筆上各滴了一滴精油。

一瞬間，風從四面八方衝了過來，風信子的花香開始瀰漫，曹學奕被強烈的香氣所包圍著，光點慢慢渲染暈開，在淡黃色的雲霧中逐漸出現了朦朧的人影……窸窸窣窣……窸窸窣窣……耳朵傳來陣陣細微的低語聲，曹學奕用力睜開眼，面前出現了兩個穿著國小制服的女孩。

嘟嘟——嘟嘟——

「姊，幫我綁頭髮。」六歲的徐有熙手拿著一個小花髮圈，遞給徐有勻。

「轉過來。」八歲的徐有勻像個小大人，熟稔地幫妹妹綁起馬尾。「好了。」

「你不綁嗎？」徐有熙看著正在梳著長髮的徐有勻。

「姊姊不用。」

「我想聽艾莎。」徐有熙從櫃子中抽出《冰雪奇緣》，熱切地推了過來。

「放學回來再唸好不好？」徐有勻看了時間，已經快到上課的時間了。

「我想聽艾莎。」徐有熙執拗堅持著。

「從前從前在遙遠的地方，有一個國度……」拗不過妹妹，徐有勻勉為其難地讀起書中的內容。

「她住在很遠的地方嗎？」徐有熙認真聆聽，不時提出問題。
「很遠很遠喔，比外婆家還遠。」徐有勻笑說，她撥起頭髮，露出右臉頰處一大片的咖啡牛奶斑。
「那開車要三天嗎？」
「五天。」
「哇。」徐有熙睜大眼驚呼，接著又說：「那艾莎有養狗嗎？」
「艾莎有雪寶啊，為什麼這麼問？」
「外婆家有養狗，我喜歡狗狗。」徐有熙童言童語。「長大我要搬去跟外婆住，可以養狗狗。」
「那我要養貓咪。」徐有勻附和著。
「小勻、小熙，上課要遲到了喔。」門外傳來母親的聲音。
「放學回來再唸給你聽。」徐有勻闔上書本、背起書包，拉著徐有熙的小手奔出家門。
曹學奕的視線跟著兩個女孩穿過門扉，再回神，徐有勻、徐有熙成了身穿著國中制服的少女。

「你很慢耶。」徐有匀站在門口不時看著時間。

「你先走啊，又沒叫你等我。」徐有熙姍姍來遲，一臉無關緊要。

兩人並肩走在人行道上，秋天的陽光透過樹蔭一閃一閃，把人曬得暖洋洋，也像是閃耀著光芒的鑽石。

徐有熙邊走邊拿出MP3播放器，將耳機塞入耳中，立刻被徐有匀制止。「走路不要聽音樂。」

「要你管。」徐有熙不理睬，準備播放音樂時，耳邊傳來其他人說話的聲音：

「她的臉怎麼了？好像巫婆喔。」

「對啊，好可怕喔。」

「會不會傳染啊？……」

徐有匀下意識地拉過長髮遮掩右臉，徐有熙則看了她一眼沒說話，只是將音樂聲開大，逕自走到前頭。

「有熙……」徐有匀試圖喊住越走越快的徐有熙。

的手。

「欣婕。」只見徐有熙喊住了前方不遠處的人，並且追了上去，親暱地勾住對方

「早安，」王欣婕打著招呼，轉頭看到後面的徐有勻，接著問道：「那是你妹妹嗎？」

「不是啦，快遲到了，我們快點。」徐有熙自然地回應，勾住王欣婕的手快速往學校走：「你看那裡有一隻法鬥，也太可愛了吧，我最喜歡法鬥了，長大我要養一隻……」

「那我要養柴犬。」

「這樣我們可以帶狗狗一起去公園玩……」

徐有勻一個人落單地站在後面，看著妹妹越走越遠。

那天之後，她們再也沒有一起上過學。

偶爾在學校碰到面也不再打招呼。徐有熙總是別過臉當作視若無睹，徐有勻的頭則是越壓越低，她養成了看著地面走路的習慣，只要眼睛盯著地上就再也看不見其他，只要看不見就不會受傷。

「她的臉上是什麼？不會沒洗臉吧？」

「看起來好恐怖喔。」

「不要靠她太近，感覺很髒。」

最後徐有勻埋進了書本裡頭。

讓她踏入文字世界的是作家辻村深月的《鏡之孤城》，封面上所繪製的戴著狼面具的少女插畫引起她的注意，因為想到了自己。她從架上拿下這本書，栽進了裡頭所描繪的情境，故事的主角小心是一個年紀與她相仿的國中生，因為遭遇排擠而拒絕上學，最後跑進去鏡子裡頭的另一個世界，然後開始經歷一段冒險……徐有勻深深被吸引著，隨著角色境遇一同起伏，在故事裡頭似乎也看到了自己的身影。

書本不會嘲笑她，她可以躲在文字後面，她的社交場所是圖書館，社交對象是架上那排列整齊的一本本書籍。在書本裡，徐有勻能夠成為任何她想成為的人。

再後來，徐有勻也開始寫作，她嘗試將自己的心情轉化成文字，她會隨身攜帶一本小筆記本，上頭綁著一支筆，只要有想法就會記錄下來，散步時、搭車時，就連睡覺時也會因為腦中突然迸出的一個想法，就跳起身寫下……不管好的或壞的，統統都幻化成字句藏在那一頁頁的白紙上。

如果說閱讀讓徐有匀感覺到有人理解自己，那麼書寫則是讓她的話語有了出口，她一度以為自己是逃進文字裡，但之後才發現，更多的原來是在文字裡頭她能感覺到平靜祥和。

砰——

徐有匀的房門被猛地推開，徐有熙氣呼呼地衝了進來，劈頭就對著她大吼：「你幹麼去跟媽告狀？」

「告什麼狀？」徐有匀正在書桌前寫作。

「你還裝傻。」

「我真的不知道你在說什麼？」

「媽剛剛罵我，怎麼都沒跟你一起上學？」徐有熙一臉盛怒。

「喔，那你有說為什麼嗎？」徐有匀反問。

「這……」徐有熙被一問傻住了，幾秒後才說：「反正那不重要，重要的是你跑去跟媽說，你知道大家最討厭什麼嗎？抓耙子！你就是抓耙子！」

「就說我沒有！」徐有勻也有點火大了。

「那媽怎麼會問我？明明就是你說的。」

「你自己每天不等我就先出門，又不是我的問題。」

「你是說我有問題？我會有什麼問題？」徐有熙大叫了出來：「你才是有問題的人啦！」

這句話一出來，徐有勻當場愣住，連徐有熙自己也是。

「我有什麼問題？」徐有勻語氣有點顫抖。

「這……」徐有熙從原本盛氣凌人的樣子，變成結結巴巴。

「你說我有什麼問題？」

「就……反正你就是這樣才討人厭。」徐有熙丟下這一句話，轉身離開房間。

「以後再跟媽告狀試試！」

「我最討厭你了！」徐有勻胡亂抓起桌上的筆用力甩到了房門上，趴在桌上哭了起來。

「小勻，剛剛怎麼……」母親聽到聲響進來房間，卻看到徐有勻滿臉淚痕。「發生什麼事了？跟小熙吵架了？」

「都是你，為什麼我的臉這麼醜，都是媽媽你害的。」徐有勻將怒氣發洩到母親身上。

「醫師說等你成年後就可以治療，再等等嘛……」

「我不要，我要現在就變好啦，嗚嗚嗚……」

母親只能在一旁安慰。

隔年夏天，徐有勻換上了高中制服，與徐有熙的交集只剩下家裡，連話都很少說；又過了三年，徐有勻考上外地的大學，搬了出去，她們成了一年見面次數寥寥可數的親人。

原來人與人的生疏不是漸進式的，其實更像是一個句號，只需要一個恰當的時間點，同樣敏感卻蠻橫的年紀、同樣自傲卻自卑的時刻，於是斷裂了。而你們只能在這樣的分歧中各走各的路。

「媽、媽，」二十歲的徐有勻跑進家裡，手裡拿著一張報紙，喜悅之情溢於言表。「你在哪？」這兩年經過治療，她臉上的咖啡牛奶斑已經不明顯。

在沙發上滑著手機的徐有熙看了她一眼，持續看著影片。

「一回家就大呼小叫的。」母親從廚房出來。「我在這裡。」

「我得獎了，我得獎了啦！」徐有勻開心地蹦蹦跳跳。

「短篇小說獎佳作耶，好厲害。」母親看著報紙上寫著「林榮三文學獎」，得獎名單上出現了徐有勻的名字，開心得不得了，接著轉頭對徐有熙說：「小熙，你姊姊得獎了，不恭喜她一下？」

徐有熙沉默數秒後，頭也沒抬只彆扭地對徐有勻說了聲：「喔，恭喜。」

「謝謝。」

「怎麼這麼冷漠？小熙越來越叛逆了，你看她還去刺了青……」母親邊說邊試圖撥開徐有熙的頭髮，露出頸後的圖案。

「媽，你這樣很沒禮貌。」徐有熙抗議著，甩開母親的手說道：「誰叫你不讓我養狗。」

「你只是想玩狗，最後還不是我在照顧。」母親說。

「才不會咧……」

「刺青沒有不好啊。」徐有勻淡淡地這樣說。

沒料到姊姊會替自己講話，徐有熙有點驚訝。

「好啦，總之小勻你好棒，我要趕緊跟爸爸講。」母親興高采烈地撥起電話。

「真是開心……啦啦啦……」徐有勻腳步輕快地走進房間。

「小勻，」幾分鐘後，母親來到徐有勻房間笑說：「爸爸說，晚上要買蛋糕回來幫你慶祝。」

「謝謝爸，草莓蛋糕，我喜歡草莓蛋糕。」

「你爸知道啦。」母親一臉和藹，接著又對徐有熙說：「聽到了吧？晚上有蛋糕吃喔。」

「又不是生日。」徐有熙冷漠地說，語末再補上一句：「我有約，要出門了。」

接著便拿起包包步出家門。

「小熙沒吃到是她的損失。」母親心情不受影響。

「沒關係，我們可以多吃一塊。」徐有勻笑回。

回到房間，徐有勻透過窗戶看到站在馬路上的徐有熙，正從口袋裡拿出剛剛偷藏起來的報紙閱讀著。

晚上徐有勻跟父母一起圍著草莓蛋糕慶祝，她特地留了一塊給徐有熙。

深夜徐有勻在書桌寫作，手指一邊在鍵盤上敲敲打打，她一邊翻閱著筆記本，試圖將上頭的靈感組合發想成一篇文章。突然她聽到門口傳來窸窸窣窣的細微聲響，有個物品從門縫下被塞了進來，是一個禮物，打開看裡頭有一支貼著水鑽的鋼筆，小小的卡片寫著「恭喜得獎」短短幾個字。

徐有勻推開房門，門口不見任何人影，於是走到徐有熙房門口，正猶豫著是否要敲門之際，卻看見她房內的燈熄了，於是只能折返。

回到房間，就著暈黃的檯燈，鋼筆上的水鑽閃爍著光芒，徐有勻拆下原本與筆記本綁在一起的原子筆，換上了新的鋼筆。

隔天起床，徐有匀看到在餐桌上原本擺放著蛋糕的盤子已經空了，徐有熙一早就出門了。

「耶～～」步出出版社大門，徐有匀忍不住在門口低聲歡呼起來。

自從第一次寫作得獎後，已經過了三年的時間，期間她仍不斷持續寫作、參與比賽、發表文章與投稿，現在終於獲得了出書的機會。她的心臟狂跳，看著手上剛剛才簽好的出版合約，仍然覺得不可思議。

徐有匀拿出手機想撥電話給母親，但思考後還是作罷，想等到真正出版後再給家人驚喜。

接下來的日子，徐有匀投入了爬格子的生活，多數時候她都在書桌前度過，不斷地翻閱筆記本，用妹妹送的那支鋼筆在上頭塗塗改改，然後再變成一個個的文字。即將成為社會新鮮人的她，夢想著有天能夠以寫作維生。那個曾經被文字拯救的青少年徐有匀，現在也終於長出了力量可以分給他人。

畢業前夕，徐有匀交完了所有的稿子，她打包行李運回台北，待畢業典禮一結束就開始半環島旅行，沿著東部一路回家。她並不確定日後哪裡會是自己安身立命的地方，但決定給自己一點時間。

「姊姊，等等我啦！」

「你很慢耶，每次都要等你。」

「人家的頭髮害的啦。」

「來，我幫你綁。」

在都蘭的海邊，徐有勻看到了一對小姐妹在沙灘上奔跑，撿著貝殼石頭玩耍。她想起了自己與徐有熙，她們小時候也是形影不離，只是後來走散了，就連給對方的詞彙都乏善可陳。

徐有勻拿出筆記本記錄下此刻的心情，鋼筆上的水鑽在陽光下閃爍著七彩的光芒呼應著波光粼粼的海浪。看著玩耍的小姐妹、聽著海浪翻攪沙石的聲音，突然感覺有所觸動，她傳了訊息給編輯：「對不起，我想修改結局，新的稿子會盡快補上。」

回到台北，徐有勻馬不停蹄地修改稿件，但完成後卻反而產生了懷疑，她不確定這樣的修改是否對了？於是出門前往出版社想跟編輯討論，一打開房門，正巧聽到了徐有熙正在講電話……

「我姊很厲害，她得很多獎耶，而且不是我吹牛，她都是用我送的筆寫作的，真的啦……」

聽到開門聲的徐有熙抬起頭看見了徐有勻，一臉尷尬地速速掛了電話說：「你在家啊。」

「正要出門。」

「嗯。」徐有熙語畢便跑回自己房間。

徐有勻在離出版社最近的公車站下了車，準備穿越馬路至人行道時，看到了候車亭欄杆上的一個手繪圖案，她被吸引住，停下腳步靜靜凝視了好幾秒，最後拿出筆記本記錄了下來。

嘟嘟——

交通號誌發出秒數倒數的聲響，徐有勻連忙將筆記本放回提包中一邊穿越馬路，幾乎是同時間，嘎吱——她耳朵聽到刺耳的煞車聲，一輛轎車迎面朝她衝撞了過來。

徐有勻身軀在空中旋轉著、長髮在風中飛揚，來不及收拾好的筆記本也灑落了出來。

嘟嘟——嘟嘟——

嘟——

曹學奕感受到數秒器的聲音漸弱，眼前又恢復一片黑暗、風信子的花香也消失殆盡，他輕打了一個嗝，回到了現實。

一旁的游萿惟收起鋼筆，並協助解下蒙在曹學奕臉上的絲布。

「有看到嗎？」游萿惟問道。

曹學奕沉默著，他轉頭看了候車亭柱子上的圖案，不確定這是否會所幫助，思考半晌後，終於開了口：「請徐有熙過來這邊。」

雖然有點疑惑，但游萿惟還是順從地配合，她朝站在對面路口的兩人揮了揮手。

「有看到嗎？有嗎？」徐有熙氣喘吁吁跑了過來，焦急地問。

「請問這個圖案對你姊姊有什麼意義嗎？」曹學奕指著欄杆問道。

徐有熙轉頭看了欄杆，上頭被人用黑色簽字筆畫了一隻法鬥的臉，她眼淚立即湧上眼眶並問道：「為什麼這麼問？」
「這是她最後看到的畫面，她看了很久。」
「嗚……嗚……」徐有熙聽到隨即蹲在候車亭嚎啕大哭。
「有熙……」程博文連忙蹲下安慰。
面對此情景，曹學奕有點不知所措只能呆站著，游莙惟則趕緊在一旁安慰。他們兩人都不知道發生了什麼事，直到看見徐有熙低著頭哭泣而露出的後頸才明白，光滑的肌膚上刺了一隻法鬥犬的頭像。
不知道過了多久，徐有熙的眼淚終於止住，她眼眶依舊通紅，抬起頭詢問道：「請問有看到關於書的事嗎？」
「很抱歉，沒有看到更多關於書的訊息。」曹學奕說。
「真的沒有嗎？」徐有熙眼神黯淡下來。
曹學奕仍是搖了搖頭。
「還是很謝謝你，我會回覆出版社。」
「那個，」臨走前，游莙惟突然問起：「有熙，你有看過你姊姊寫的書嗎？」

「沒有。為什麼這麼問？」

徐有熙的回答，讓曹學奕腦中閃過方才回憶裡的一個畫面，露出一絲困惑。

「只是好奇，不知道裡面是不是會有什麼線索？」

「去看書吧。」曹學奕插話道：「裡面會有你要的答案。」

「好。」徐有熙不太明白他的話，但仍點點頭應允。

「你們先回去吧，後續我們處理就好。」游莙惟特別對程博文交代道：「陪有熙回家。」

目送兩人離開後，游莙惟返回花店取了一束黃色風信子，將花輕輕擺放在候車亭裡，深深鞠躬後離開。

一個月後。

叮鈴鈴——

「歡迎光臨，菽薇花店。」程博文熱情地打招呼，抬起頭看到進門的是徐有熙，開心地奔跑過去。「要來怎麼沒有說？」

「我是來找萏萏姊跟曹店長的。」徐有熙用力拍了程博文的額頭。

「好痛！」

「找我們有什麼事？」游萏惟笑盈盈走出來，曹學奕點點頭吃著生核桃。

「這個，送你們。」徐有熙拿出兩本書說：「姊姊的書剛剛印好了，謝謝你們的幫忙，讓書可以順利出版。」

「哇，謝謝。」游萏惟開心地收下書，翻開第一頁，扉頁上印著一行字：

給我的妹妹。

游萏惟驚訝地看著徐有熙，一時說不出話來。

「有找到答案了？」曹學奕問道。

「嗯，看過書之後一切都明白了。」徐有熙不斷道著謝。「姊姊把要告訴我的話都寫在裡面了，真的很謝謝你們……」

「我們又沒有幫上什麼忙。」

「不，真的幫了我大忙，這本書、還有那個法門圖案，這樣就很足夠了。」

「你姊姊很珍惜你這個妹妹，這是我在她的記憶裡看到的。」曹學奕說。

「謝謝你讓我能知道姊姊的心情，」徐有熙眼眶再度泛起淚水。「我會幸福地活著的。」

「我送有熙出去。」程博文率先插話道。

目送徐有熙離開後，曹學奕喃喃自語：「時間沒有給她們足夠的機會去和解。」年少時的氣盛，時常需要透過歲月的洗禮與修整，那些匆忙、那些不必要的自尊，甚至是非本意所造成的傷害，才都能夠得以慢慢被寬容理解與對待，於是我們學會和好，能夠給予重要的人溫柔。

可是要達到這些都需要足夠多的時間，不是每個人都有機會能把句號變成逗點。

「你說什麼？」游菪惟問。

「沒什麼。」

「對了，你這個月哪天是摩天輪日？」

「後天。手套。」不等她再提問，曹學奕一口氣答完，沉默半晌後又問：「為什麼你每個月都問我哪天去兒童樂園？」

「答應要幫你找到記憶為止，總要關心進度。」

「我去後面忙了，前面交給你了。」

「又不想招呼客人……」游蓍惟嘀咕著，趕緊補充道：「我明天要請假喔。」

曹學奕點點頭消失在花店後方房間。

「蓍蓍姊，」此時程博文再度回到店內，立刻黏了過來。「可以告訴我會晤室後面的房間有什麼嗎？」

「你好吵。」

「蓍蓍姊，還有你提的黑色工具箱，好酷，裝了什麼？可以告訴我嗎？……」

「走開啦……」

曹學奕推開蒸餾儲存室的門，在燈下翻開了徐有勻寫的《髮圈》，在書的最後一頁寫著：

林文喜聽著海浪的聲音朝她湧來，她的雙腳浸濕在潮水裡，綁著髮圈的馬尾在海風中飄盪，身旁的法國鬥牛犬追逐著浪花。她凝視著大海發起呆，任鹹濕的水氣拍打在臉上，陽光燦爛、遠處波光粼粼，海與天的交際處有條銳利的白色絲線。

「小喜。」身後傳來姊姊的呼喊聲。

「來了。」林文喜回應著走向她。

不管走開多遠，未來都會在未來等待著你。

而明天，又是新的一天。

隔日清晨。

天剛亮，東方的天空露出魚肚白顏色，游若惟出現在福和橋跳蚤市場。

上百支的彩色陽傘蜿蜒地排列在寬闊的空地上，像是在天空中風箏長長的尾巴，數百個攤位或地上或桌面展示著各式各樣的物品，人群摩肩接踵，處處都是喧譁聲。

游莙惟穿梭在其中，只挑選有販售首飾項鍊的攤位停駐，她細心翻看著每條項鍊，一攤又一攤。除了二手商店，跳蚤市場也是她不定期會來尋寶的地方。

「小姐你要嗎？整把給你，一百塊就好。」攤商見游莙惟仔細看著項鍊，爽朗地開價。

「這麼便宜，這樣老闆你沒得賺吧？」

「緣分、緣分，便宜賣你。」

「我不用這麼多，一條就好，五十？」游莙惟挑出其中一條金色項鍊問道。

「整把比較划算啦……」攤商吆喝著：「好啦，五十就五十。」

游莙惟付完錢收下項鍊，輕輕嘆了口氣。

「哎，今天也是一無所獲。」

她的腦海中閃過一道亮光，是一條有著花朵造型項墜的金色項鍊，影像不甚清晰，而她所能憑藉的只有這個模糊的畫面。游莙惟試圖努力想要看得更清楚，但最後都伴隨著肩膀處劇烈的疼痛戛然而止。

離開跳蚤市場，游萡惟來到兒童樂園。

彩色氣球、棉花糖、冰淇淋……兒童樂園裡充斥著到處奔跑的小孩，他們放聲大笑與尖叫，整個場域鬧哄哄一片，好不歡樂的氣氛。

「媽，快點，我要搭摩天輪。」一個童聲從游萡惟身旁跑了過去，後頭跟著他的母親。

「慢一點，摩天輪又不會跑掉。」

游萡惟聞言笑了出來，這也是小時候母親常跟自己說的話。她在餐車買了一支彩色的棉花糖，不慌不忙地走向摩天輪。她隨著人群魚貫地排隊，抬起頭看著緩慢旋轉的彩色摩天輪，心微微地波動著。

「二十多年前發生在知名兒童樂園的隨機殺人案，被判處死刑的兇手黃昱，在今天宣告了槍決執行日。這起案件在當年……」

游萡惟想起昨晚看到的新聞，曹學奕想必也看到了吧？她邊想邊獨自踏上摩天輪包廂，隨著摩天輪緩緩上升，周遭的景物也逐漸縮小，在輕微晃動的包廂中，她手握著剛剛購買的項鍊，陷入沉思之中。

這個像太陽般巨大的摩天輪，籠罩著她的生活……不只對曹學奕有其意義，對游萏惟也是。這些年來，她會刻意錯開日期，不定時來到兒童樂園，有時候只是坐在長椅上盯著摩天輪看，什麼都沒做，但她總希望在某一次能夠比現在多發現些什麼。

回到地面上，游萏惟步出包廂，迎面而來卻看到一個無比熟悉的身影，曹學奕就站在摩天輪前方不遠處。他同時也看見了游萏惟。

「你怎麼會在這裡？」游萏惟驚嚇地問。

曹學奕也一臉訝異，他從來沒有想過會在兒童樂園裡看到游萏惟。

「摩天輪日不是明天嗎？你怎麼會……」游萏惟有點慌亂。

「就想今天來。」曹學奕解釋道，露出迷惑的神情看著她，隱隱覺得不對勁。

「啊，是因為黃昱的新聞……」游萏惟意識到答案，快速地回應著立刻就想溜走。

「那你快去搭吧，希望你今天可以找到回憶，我先走了。」

「你怎麼會在這裡？」曹學奕不肯罷休。

「來玩，當然是來玩啊……我最喜歡遊樂園了。」游萻惟迫切想要離開。「不打擾你，我要去玩下一個設施了。」

「游……」曹學奕下意識地想拉住游萻惟，當手指觸碰到她的肩胛位置時，突然感覺到一陣電擊襲向自己，頭痛欲裂。

「啊——」他抱著頭發出低吼。

「怎麼了？」游萻惟終於停下了腳步。

棉花糖、氣球、還有旋轉的摩天輪，六歲的曹學奕穿著一身的潔白站在下面放聲哭泣，不斷喊著母親。

「媽咪～～嗚～～」

他四處尋找，卻沒有看見母親的身影，有人撞到了他，爆米花灑落一地，原本歡笑喧譁的聲音突然變成了陣陣的尖叫；小小的曹學奕抱著頭用力摀住耳朵，試圖擋住那些尖銳的聲音。

曹學奕透過指縫偷偷睜開眼，看到了一把刀子不斷揮舞所反射的銀光，周圍的人紛紛驚叫奔跑，他只能再一次用力抱住頭。

母親衝過來抱起了他，往距離自己最近的摩天輪奔跑，她跑上台階，此時身後突然傳來小女孩的哭喊聲，在母親懷裡的曹學奕看到一個成年男子正拿著刀劃向小女孩的背部，她尖叫出聲，滿臉淚痕的臉龐竟有些熟悉……

母親回望了一眼，放下曹學奕並將他推進摩天輪包廂內關上門，接著奔下台階，馬尾隨著她急促的步伐在身後劇烈擺盪著，母親彎身抱起小女孩，正準備起身逃離時，銀亮的刀柄落下，她的頭髮被一把抓住，接著發出了一聲慘叫，眼前突然變成一片的鮮紅色。

摩天輪緩慢地運轉著，小小的曹學奕一個人在包廂內嚎啕大哭，眼前的景物也越來越小、越來越模糊……

啊——

曹學奕猛地睜開眼，他臉色蒼白、額頭冒出涔涔汗滴。

「頭又痛了？」游萫惟趕緊趨前關心著。

曹學奕身體不斷顫抖著，好半晌才終於抬起頭，他直直盯著游萫惟，緩緩吐出了這幾個字：

「是你。」

游莙惟睜大雙眼，說不出任何一句話。

「一直以來都是你……」曹學奕逼近游莙惟問道：「你是那個小女孩，對吧？」

「我……」游莙惟支支吾吾。

「說話啊，」曹學奕眼裡閃爍著游莙惟從沒看過的情緒。「該死的，你說些什麼啊！」

「你恢復記憶了……？」游莙惟終於開口。

「你早就知道了，對吧？」曹學奕問著，神色緊繃。

「對不起。」

「你是何時知道的？何時？」

「認識你之前就知道。」

「你根本不是我什麼小學同學……」

游莙惟搖了搖頭。

「吼——」曹學奕發出一聲低吼，拳頭狠狠地揍在游茗惟身後的牆上，說：「你都知道當年發生的事，還把我耍得團團轉，這樣很有趣嗎？很有趣嗎！」

「對不起、對不起……」游茗惟泣不成聲。

「那天到底發生了什麼事？怎麼會……」

「那天我跟媽媽走失了，是你母親救了我，但沒想到……嗚嗚……對不起，我不是故意的，嗚嗚……」

「你看著我每個月都到摩天輪找記憶很開心吧？你很得意地看我像隻小狗一樣白痴地追著尾巴跑？是不是？」

「我沒有，我是想要幫你，」游茗惟急急地解釋：「自從我長大後，就一直在找你，我想要幫忙……」

「你能幫什麼？你根本什麼都幫不了！」

「我幫你找香味、幫你開花店，都是想幫你找回記憶啊，也到處去找東西，我很努力……」

「你只是想減輕自己的愧疚感而已。」

游莙惟語塞。

「說什麼幫忙？話說得那麼好聽，」曹學奕眼冒血絲，狠狠地瞪著游莙惟說道：「你能把我媽媽還來嗎！」

「我……」游莙惟愣住。

「不行，對吧？」曹學奕冷笑一聲，最後離開前說道：「你以後再也不要出現我眼前了！」語畢，轉身離開兒童樂園。

游莙惟一個人呆坐在原地哭泣，如同當年那個無助的小女孩一樣。

叮咚——叮咚——

游莙惟在曹學奕公寓門口按著電鈴，裡面沒有傳來任何回應，她低頭看，昨天送來的早餐也還掛在門把上頭。自從他們兩人在遊樂場遇見那天之後，曹學奕就再也沒進來花店過，電話訊息都不回覆，像是消失了一般。

游書惟嘆了口氣，取下昨天的早餐換上今天的，接著傳了封簡訊給曹學奕，轉身離開。

進到菽薇花店，程博文已經在整理花材。

「曹店長已經好幾天沒進花店來，他怎麼了？」程博文邊去除花莖上多餘的葉子邊嘀咕著：「生病這麼嚴重？要不要買雞湯去啊？」

花店裡花香滿溢，剛送來的花材放在角落，含苞等待綻放的花朵看來生意盎然。

「他沒事，過幾天就會進來了。」游書惟謊稱道。

「還好這幾天都沒有要尋找記憶的人上門，不然怎麼辦？」

「快準備訂單上的花，不要碎嘴。」

當初開菽薇花店主要的目的就是為了尋找事發當時的記憶，現在已經記起來，是否意味著也該結束了？一邊整理花材，游書惟忍不住這樣想道。

「給我個你會來的日期，我不會再出現在花店。」思考後，游書惟傳了訊息給曹學奕，幾秒後又補了一則：「花店是你母親的名字，只有你能決定要不要繼續經營。」

叮鈴鈴——

「歡迎光臨，菽薇花店。」

迎面而來是一位中年的婦女，神情和藹友善。

「您好，請問需要什麼嗎？」

「你好，我……」中年婦女語氣有點顫顫巍巍，接著才又說：「請問曹學奕先生在這裡嗎？」

游碆惟疑惑地挑起眉，難道是要來尋找記憶的人？但從沒有人一開始就知道曹學奕的名字，於是她回：「他現在不在店裡，我可以幫您轉達。」

「所以他真的在這裡？太好了。」中年婦女神情鬆了一口氣。

「請問您找他什麼事呢？」

「那個……我是黃昱的媽媽。」中年婦女緩緩吐出這句話。

NO.06／

指尖上的幸福

棉花糖、旋轉木馬、摩天輪……慌亂的人群、驚恐的尖叫聲，以及一抹紅色……

啊——

曹學奕用力睜開眼，看到冬日的陽光灑進屋內，花了幾秒鐘才記起自己在宜蘭老家。雖然已經恢復記憶，卻仍不時會作著兒時的夢，他輕輕地揉著額頭，抓起床頭的生核桃罐，發現裡頭已經空了。

「學奕，起床吃早餐了。」門外傳來父親的聲音。

簡單盥洗後，曹學奕來到餐桌前，父親已經準備好黑咖啡與鹹粥。每次回老家，都是一碗鹹粥。

「這次怎麼回來那麼久？發生什麼事了？」曹威治問道：「還是花店有問題？」

「花店很好，只是想休息而已。」

「著惟很可靠，有她在很安心。」

聽到游著惟的名字，曹學奕微微愣了一下，眼神閃爍，沒有答話。

「原來是跟著惟吵架了。」曹威治看到他的表情，了然於心。

「我……」

「你知道當初我為什麼收掉你媽媽的花店嗎？」曹威治突然這樣問。

曹學奕搖了搖頭，腦海中浮現花店收掉的那一日，自己用身軀努力擋在店門口的畫面。

「因為你比回憶重要。」曹威治緩緩地說：「當時你才國小，比起我而言更需要母親，所以我只能振作起來，並不是關於你媽媽的那些回憶不重要。」

「爸……」這些話曹學奕從來都沒有聽父親說過。

「之前你問過我『不好奇當時發生的事嗎？』當然好奇，當天我趕到兒童樂園，發狂似的抓著人就問、誰都問……當看到在一旁哭泣的你，以及你母親躺在地上冰冷的身體時，我也只能抱著你一起哭。」曹威治頓了頓，繼續說道：「從那天起你就開始作噩夢了，半夜時常哭醒，每天、每天，帶你去看醫師也沒用，看著嚎啕大哭的你，慢慢我就冷靜下來了。」

曹學奕並不記得當時的情境，只知道就他有印象以來，就會反覆作著兒童樂園的夢，驚醒也是時常有的事。

「我現在還是會作小時候的那些惡夢，像是摩天輪、尖叫聲……還有媽媽當時驚恐的表情。」曹學奕說。

「偶爾我也會想起你的母親，不過記起來的都是好的比較多。」曹威治語氣祥和地說：「後來我就在想啊，雖然傷心的事也有，但還是有發生很多很好的事……」

「爸怎麼可以說得那麼輕鬆？」曹學奕突然脫口而出：「你明明就不知道當時發生了什麼事！」

曹威治只是靜靜地看著，彷彿是在等待他再說些什麼。

「你知道當時媽媽是為了救一個小女孩才死掉的嗎？」曹學奕情緒有點激動。

「你想起來了？」曹威治疑惑道，半晌後才又開口：「我知道。」

「你知道？」對於父親的反應，曹學奕無法理解。「那為什麼還可以這麼冷靜？你不生氣嗎？是她害死了媽耶，媽是因為她才死掉的，要不是她……」由於過度激動，話語梗在了喉嚨。

「所以你發現那個小女孩是菪惟了。」曹威治語氣依舊平靜，終於連結起來他這幾天反常的原因。

曹學奕瞬大眼睛，不可思議地看著父親。「你早就知道這件事？」

「三年前花店開張，第一次見到她時，我就猜到了。」

曹威治回想起當初看到游君惟時的面熟之感，就連名字都似曾相識，在聊天的時候，才慢慢把她跟小時候的臉龐重疊在一起。那個由母親牽著手來上香的小女孩，那個身上裹著紗布在靈堂前不知所措的小女孩，現在也長大了。

「為什麼沒跟我說？」曹學奕此刻情緒現在有點激動。

「因為她也是受害者，」曹威治緩緩說道：「這不是你們的錯，已經是過去的事了。」

「才不是什麼過去的事！」

「每次回來都看你在翻你母親的物品，是真的想找回記憶？還是其實只是緊抓著不放？」曹威治眼神溫柔地看著曹學奕反問道。

「我……」父親的話讓曹學奕一時語塞，只能呆愣在原地。

「好啦，吃完飯快回台北，不要打擾我生活。」曹威治揮揮手，下了逐客令。

午後，曹學奕起身返回台北，卻在不知不覺中來到熟悉的兒童樂園。

這些年來他每個月都會到這裡試圖尋找母親的記憶，就像是種信仰一樣。然而此刻的心境跟之前不太相同了，他雙手空蕩蕩的，這是第一次沒有攜帶任何母親的遺物來兒童樂園。

「這不是你們的錯，已經是過去的事了。」曹學奕腦海中浮現了父親今天早晨所說的話。

自己在追尋的是什麼？突然有點模糊。他想起了前些日子在這裡與游萻惟相遇的畫面，那些自己一直以來尋找的記憶已經清晰，然而心裡卻仍像是遺失了什麼一樣，感受始終空空的。

是因為憤怒嗎？是因為覺得被欺騙的關係嗎？曹學奕的思緒不斷翻攪著，就像今天早上，明明記憶已經恢復了，為什麼還是作了小時候的夢？

坐在兒童樂園的長椅上，曹學奕望著緩慢旋轉的摩天輪陷入沉思。

叮鈴鈴——

「歡迎光臨，菽薇花店。」程博文熱情地打著招呼，抬起頭看到進門的是楊顯岳。「楊伯伯您來啦，今天張姊姊有來嗎？」

楊顯岳搖了搖頭，今天他的氣色看起來不是太好，跟平常笑容滿面的模樣是大相徑庭。

「楊伯伯您怎麼來了，今天沒有送花啊？怎麼了嗎？」游莙惟也趕緊上前打招呼，由於不會手語，因此刻意放慢講話的速度讓唇語更清楚。

楊顯岳想要用手語表達，嘗試後還是拿出了紙筆，在上頭寫下了幾個字：

「聽說花店可以幫人找記憶，是真的嗎？」

游莙惟與程博文雙雙露出了驚訝的神情。

「曹店長、曹店長，你在家嗎？」程博文不斷按著曹學奕家的門鈴，語氣急迫。

「我是文文，你在家嗎？」

頭更痛了，原本曹學奕不打算搭理，反正一定是游萕惟要他來的，但程博文實在太惱人，連在房內都聽得到他的聲音，於是從床上起身。

「我沒空。」隔著對講機，曹學奕冷冷吐出這句話，隨即便準備結束對話。

「楊伯伯出事了啦。」

楊顯岳？曹學奕露出一臉疑惑，幾秒後才吐出一句：「惡作劇？」

「不是啦，你手機是不是沒開機啊？楊伯伯說他傳了好幾則訊息給你，你都沒有回。」

曹學奕迅速打開手機，果然在上百封訊息裡頭有楊顯岳傳來的幾則，上頭寫著：

「學奕，楊伯伯有事想找你幫忙，不知道可不可以？」

「我馬上過去。」

叮鈴鈴——

曹學奕迅速趕到花店，一進門見到楊顯岳與游萕惟正站在櫃檯前，他刻意別開頭不看她。

「楊伯伯，發生什麼事了？」曹學奕比著手語。

「這個是真的嗎？」楊顯岳拿出一則「神祕的記憶花店」新聞詢問，一臉哀戚比著手勢問道。

曹學奕看了他一眼，接著說：「我們去後面談。」語畢便帶著楊顯岳前往會晤室。

游莙惟見狀想要跟上，立即被曹學奕制止，他轉頭對程博文說：「博文，你一起進來。」

「我？莙莙姊……」突然被點名的程博文一臉慌張地看著游莙惟。

「你不是看過一次流程了？」曹學奕又說。

「沒關係，你進去吧。」游莙惟點點頭對程博文說，遞給他一把鑰匙。

進到會晤室，才一坐下，曹學奕發現手空空的，才想起剛才急忙出門，生核桃罐忘了帶。

程博文從隱藏在花束後方的小櫃子，拿出一張記憶委託單正襟危坐著。

「楊伯伯，你想找誰的記憶呢？」坐定後，曹學奕以手語搭配文字詢問。

「我老婆。」楊顯岳緩緩比出這個單字。

曹學奕睜大了眼，不是上個月才看到阿姨嗎？在一旁的程博文則是一臉疑惑。

「她上週去世了。」楊顯岳用雙手的拇指與食指在左胸前比出了一個「心」的形狀，曹學奕意會過來是「心臟疾病」。

「你為什麼想找阿姨的回憶呢？」曹學奕搭配簡單的手語繼續問。

「阿姨？」程博文一臉困惑，接著才驚叫一聲：「啊，是張姊姊！怎麼會！」

曹學奕瞟了他一眼，程博文快速摀住嘴巴，在委託單上記錄下資訊。

「我想知道她這輩子過得幸不幸福？」楊顯岳邊比著手語，同時眼眶開始泛紅。

「嫁給我，很辛苦、很辛苦……」

程博文在桌下的抽屜找到面紙，趕緊抽了幾張遞過去。

曹學奕靜靜看著楊顯岳幾秒，然後以簡單文字說明了規則與方法，最後用手語比著：「有她的物品嗎？」

楊顯岳用力點點頭，從提袋裡拿出了一本筆記本。

雖然細心地用別緻的書套包了起來，但筆記本明顯有長久使用的痕跡。曹學奕隨意翻閱了一下，裡頭紀錄的全都是手語學習的心得與一些日常詞彙，除了手寫紀錄外，還貼上了大大小小的心得便利貼或資料，因此筆記本已經有些彎曲變形。

他們約定了明天。

楊顯岳離開後，游菪惟隨即上前想要跟曹學奕說話，但他頭也不回地步出花店。

「菪菪姊，你跟曹店長吵架了嗎？」程博文立刻靠近問道。

「拿來。」游菪惟沒回答問題，卻手一伸向他要東西。

「拿什麼？」程博文摸不著頭緒。

「記憶委託單。」

「曹店長說不可以給你看。」

「獎勵。」游菪惟邊說邊從口袋拿出棒棒糖。「三支。」

程博文看著彩色的糖果有點心動，但仍猶豫不決。

「五支。」游菪惟再加碼兩支收買。

「成交。」程博文迅速收下棒棒糖，交出記憶委託單。

游菪惟看著單子上面記錄的事項，當看到往生者名字是「張嬿羽」時露出驚訝的表情。

「沒想到是張姊姊，她人很好，不是才過完生日嗎？還去吃大餐……」程博文說著也眼眶泛紅。

游菪惟沒有答話，將記憶委託單還給程博文並問道：「你知道怎麼進行嗎？工具放在哪？」

「曹店長剛剛跟我講解了，原來會晤室後面是一間實驗室啊，我還以為有什麼大祕密咧。」程博文邊吃著棒棒糖。

「那不是讓你玩的地方，」游菪惟認真地說：「幫人找回記憶可能是對當事人無比珍貴的寶物。」

「我知道，菪菪姊放心，上次你們也幫過有熙，我很清楚。」程博文語氣充滿肯定，又補充說：「不過，一個人幸不幸福是無法看到的吧？」

「雖然幸福不是具象的物體，但記憶的運作很奇妙，留在物品上的回憶對當事人來說都是最重要的記憶，只要透過那些就能夠感受到了，像是溫度一樣。」

「幸福的溫度啊……」

「明天楊伯伯的事就麻煩你了。」

「碁碁姊你真的不來嗎……」

「好啦，如果明天要外出，那今天有得忙了，開始工作吧。」游碁惟吆喝一聲結束對話，埋首於花卉之中。

夕陽最後的餘溫暈染著天際線，黃色的計程車行駛在田埂間，兩側是一間又一間的溫室，伴隨著溫室內的燈光照射，座落在田間像是一顆顆排列整齊的燈泡。計程車在倒數第二間的位置停了下來。

全身白的曹學奕下了車邊吃著生核桃，後面跟著程博文，他提著黑色的工具箱看起來有點笨拙。楊顯岳已經在溫室口等待。

「楊伯伯好。」程博文率先打了一聲招呼，曹學奕的手還停在半空中，最後訕訕地放下。
進到溫室，圓弧狀的棚頂撐至半空，半透明的農膜隱約可以看到外頭漆黑的天空，鋼架上懸掛著一顆一顆的黃色燈泡，好似星子；地上則是一望無際約莫及腰高度的粉紅色洋桔梗，點點的粉紅散落在綠葉之中，像是一幅莫內的畫作。
「好美喔。」第一次來溫室的程博文忍不住讚嘆。
「楊伯伯，請問在哪呢？」曹學奕問著。
「這裡。」楊顯岳領著他們到花園的中央，在盛開的花田與花田之間的狹小走道之處，接著以手語再次補充：「我去旁邊等。」
曹學奕環顧四周，自己被花團團包圍住，他用手輕輕觸碰著花瓣，半晌後向一旁的程博文說：「準備好了？」
「沒問題。」程博文難掩緊張。
曹學奕點點頭，確認了現在時間是八點三十分，隨即脫下鞋子赤腳踩在濕潤的泥土上，接著解下手臂上的白色絲布蒙在臉上、雙手交疊擺置丹田處，屏住呼吸。
「現在嗎？……」程博文有點慌張，見曹學奕輕輕地點了點頭，趕緊取出筆記本放到他的手中。

感受到掌心所接收的重量，曹學奕閉著雙眼領收著周遭空氣的流動，伴隨著深深的呼吸，胸腔上下劇烈起伏著。他的四周開始出現點點的粉色光暈，緩慢地繞著他的身體旋轉飄移，最後聚集起來形成一片粉紅色包圍住他。

「粉紅色洋桔梗。」曹學奕輕輕吐出這幾個字。

「洋桔梗……粉紅色？」程博文重複一遍花名，有點手足無措，幾秒後才記得打開黑色工具箱，但一看到裡頭排列著密密麻麻的試管更加慌張了起來，「粉紅色洋桔梗、粉紅色洋桔梗……到底在哪啊……」他一邊叨念一邊將一支支試管取出，努力想尋找出名稱對應的精油。

「粉紅色洋桔梗。」曹學奕又重複了一次。

「我知道是粉紅色洋桔梗啦，但我就是找不到嘛……」程博文的額頭冒出涔涔汗滴。「到底在哪、到底在哪？……」一支支試管碰撞著不斷發出聲響。

突然，一隻手伸了過來，從箱子裡取出一支試管，程博文抬起頭發現是游若惟。

游若惟熟練地打開精油瓶蓋，迅速地各滴了一滴在曹學奕的絲布與筆記本上。

瞬間，洋桔梗的花香瀰漫，曹學奕感受到香味在自己的身體四周圍繞，他眼前的畫面也開始出現點點的粉紅色調，越來越清晰，像是盛放的花朵一樣，跟著耳朵傳來窸窸窣窣的細微聲音。曹學奕睜開眼，面前出現的是一片洋桔梗花海，一如現實中的場景。

窸窸窣窣——窸窸窣窣——

啪嗒——張嫵羽匆匆忙忙打開溫室的門進來再關上，她先是左顧右盼，接著快速鑽進洋桔梗花田中，她赤裸的雙腳沾滿了泥土、身上的衣物也是。張嫵羽用雙臂抱住自己蜷曲著、渾身顫抖地躲在花田裡。

「啊——」突然有人拍她的肩膀，張嫵羽發出一聲尖銳的叫聲，一邊用手擋住自己的臉一邊哭喊著：「我下次不敢了，不要再打我、不要再打我……嗚嗚……」身體向後縮成了更小的一團圓形。

那人又拍了張嫵羽的肩膀，她再次發出一聲尖叫，身體準備好要接受新的疼痛……一秒、兩秒、三秒……沒有感受到拳頭落下，張嫣羽從散落的長髮中緩緩抬起頭，看到了眼前是一個身穿工作服的陌生男子，他的身上掛著一張名牌寫著「楊顯岳」。

楊顯岳沒有說話，逕自以手勢比劃著。

「楊先生，幫幫我、請你幫幫我，拜託……」張嫣羽一把抓住他穿著雨鞋的腳，不斷哀求。

楊顯岳被張嫣羽突如其來的動作嚇到，再仔細看了她的臉，是一張比自己年輕許多的美麗臉孔，但臉上與身體卻有著多處的瘀青挫傷。

啪嗒——

溫室的門再度被用力推開，張嫣羽驚慌地看了門口發出一聲驚叫，隨即趕緊摀住嘴巴，身體往後縮到花田當中。

順著張嫣羽的視線，楊顯岳看到門口此時正站著一個怒氣沖沖的男子，對她使了個眼神後，往門口走去。一靠近男子，就聞到濃濃的酒味。

「喂，這裡是你的嗎？有沒有看到一個女人跑進來？」

「我聽不懂你在說什麼。」楊顯岳比著手語。

「你在比什麼？看無啦！我是問有沒有看到一個女人跑進來？」

「沒有，這裡只有花。」

「就說看不懂，你是不會說話喔……」男子火氣再度上來。

「我聽不到。」楊顯岳露出疑惑的表情，繼續比著手語。

「啊，你是啞巴？不會說話，卡早貢嘛，害我講老半天。」男子終於意會過來，接著刻意放慢講話速度，同時開始比手畫腳：「我是說——你有沒有——看到——一個女人？」

楊顯岳一臉問號。

「幹，看不懂喔？」男子咒罵一聲，使勁用手在頭上比劃著長髮的樣子：「女人，有沒有看到？」

楊顯岳終於點點頭表示懂了，接著從口袋拿出記事本寫下：「沒有。」

「真的沒有？那破麻是跑去哪？」男子往溫室內環顧一圈，終於甘心邊咒罵邊走出溫室：「幹！我就一間一間找，不相信找不到，就不要被我抓到……」

待男子離開後，楊顯岳再次回到張嫣羽的藏匿處拍了拍她的肩膀。

張嫣羽受到驚嚇再次發出一聲驚叫，半晌後才緩緩抬起頭，看到楊顯岳遞過來的筆記本上寫著：「他走了，你可以放心了。」

張嫣羽慢慢探出頭，確認溫室內沒有男子身影後，才終於起身，她蒼白著一張臉向楊顯岳道謝：「謝謝、謝謝你。」語畢轉身就要離開。

楊顯岳拉住了她的手，張嫣羽下意識瑟縮了一下快速抽回。

「需要報警嗎？」楊顯岳低頭在筆記本上寫下這幾個字，一臉憂心。

「不用、不用，」張嫣羽趕緊揮揮手拒絕，接著搭配手勢說著：「我老公他只是喝了酒而已。」

「你可以待在這裡，多久都沒關係。」楊顯岳不放心地看著張嫣羽，隨即指了指她的腳，接著從工具架上拿出一雙破舊的布鞋稍微拍去上面的髒污後，遞了過來。

張嫣羽這才意識到自己剛才慌忙從家裡逃出來，根本沒有穿鞋。

「有點髒。」楊顯岳用手語比著，一臉不好意思。

「不用、不用，謝謝你……」張嫣羽仍然拒絕，但這回楊顯岳堅持。

穿上不太合腳的布鞋，張嫣羽感到腳底不再冰冷。她盯著它好幾秒。

那天，張嫣羽坐在溫室的一角不斷哭泣著，楊顯岳出門又進來，帶回來一條披巾與熱茶給她，然後繼續在花田裡工作。

一直到夜色降臨，等到楊顯岳回過神時，才發現張嫣羽已經離開，椅子上留下了披巾與保溫杯。

數日後，張嫣羽與丈夫一同出門，在街上再度遇到了楊顯岳。

楊顯岳也看見她，舉起手想要打招呼時，張嫣羽卻連忙別過頭，當作沒看到。

「誒，你不是那天那個啞巴嗎？」倒是她的丈夫率先說話：「那天歹勢啊。」

楊顯岳微笑著點點頭，眼睛又看張嫣羽一眼。

「你認識？」丈夫轉頭詢問張嫣羽，她連忙搖頭。

「我老婆是不是很漂亮？」丈夫嘻嘻哈哈。

楊顯岳揮了揮手，表示不懂他在說什麼。

「我說，我老婆——是不是——很漂亮？」丈夫邊說，邊用手在臉上畫了個圈，之後再比了個「讚」的動作。

「對，很漂亮。」楊顯岳以手語回覆。

「不要一直盯著我老婆看，當心我揍你。」語畢拍了拍楊顯岳的肩膀，拉著張嫵羽離開。走遠後，她悄悄回頭瞄了他一眼。

隔日，張嫵羽偷偷來到溫室。

楊顯岳正專心地在花圃裡工作沒發現她的到來，張嫵羽找了張椅子坐下，在一旁靜靜觀看著。

楊顯岳沿著花田中央走道一一檢視著洋桔梗的花瓣與枝葉，仔細觀察著花卉生長的狀況，他停駐、低頭、彎腰、觀察、起身、往前走幾步，然後再重複一遍全部的動作……花是沒有聲音的、腳踩在泥土上也是無聲的、溫室內沒有任何風吹，而楊顯岳也是無聲的，眼前的一切像是部默劇電影，張嫵羽突然感受到前所未有的祥和。

終於，楊顯岳發現到她的存在，露出一個笑容走了過來。

「前幾天……對不起。」張嫵羽迅速翻出筆記本，從裡頭找出「對不起」的手語，向楊顯岳道歉。

「沒關係。」楊顯岳比著手語回覆，對於她竟然能夠比出手語而露出一絲驚訝。

「這是你的布鞋，還有我做的餅乾，謝謝你。」張嫵羽在筆記本上寫下這一行字，將手上的紙袋遞出。

楊顯岳打開袋子一看，發現布鞋已經被清洗過，一陣羞赧。

「傷好了？」楊顯岳寫下這幾個字，一邊觀察張嫵羽臉上的傷痕，上頭有已經淡掉的舊傷，但也有一些新增加的。

張嫵羽趕緊用頭髮遮住臉龐說：「我自己不小心撞到的。」

「你隨時都可以來。」楊顯岳露出擔心的表情。

「我沒事。」張嫵羽回以堅強的表情，接著便轉身離開溫室。

之後的日子，張嫵羽偶爾會到溫室來，每次都只是靜靜地坐在一旁看著楊顯岳農作，她總是說著「我來看花」。但每次楊顯岳都能在她的臉上發現新的傷痕。她不打算說，他就不過問。

窸窸窣窣——窸窸窣窣——

張嬿羽睜開眼，畫面有搖搖晃晃陰影，接著模糊逐漸清晰，身體的疼痛朝她襲來，浮現在面前是一張熟悉的臉龐，楊顯岳正一臉擔心地看著自己。她才想起，方才丈夫又喝得醉醺醺回來，無來由又對她一陣拳打腳踢，她連忙從家中逃了出來，但他一直跟在後頭，於是才又跑到溫室裡躲了起來。

「怎麼又躲在花田裡？」楊顯岳面露心疼，接著指了指她赤裸的雙腳：「又沒穿鞋子了？」

「我沒事。」其實張嬿羽看不懂楊顯岳的手語，但從他的神情就可以猜出是在說些什麼。

「你今天臉上的傷特別嚴重，還說沒什麼？」楊顯岳快速比著手語。

「我的臉……」張嬿羽摸著自己的臉，試圖起身。在站起來時卻感到腹部一陣劇烈的疼痛，同時察覺雙腿間傳來熱流……她低嗚了一聲，下意識地抱住肚子，低下頭一看，發現鮮血正順著她的雙腿流下。

張嫵羽驚慌地抬起頭看著楊顯岳，下一秒眼前是一片的黑。

再次醒來，眼前還是楊顯岳擔心的表情。張嫵羽看了看四周，發現自己正躺在醫院裡。

「你還好嗎？」楊顯岳見她醒來，連忙上前關心。

「我的孩子？他還好嗎？」張嫵羽摸了摸肚子，焦急地詢問。

楊顯岳搖了搖頭。

「嗚……」張嫵羽立刻放聲哭了出來：「我的孩子，我可憐的孩子……嗚……」

面對痛哭失聲的她，楊顯岳只能靜靜在一旁陪伴。

當晚離開醫院後，張嫵羽堅持要在溫室下車，不讓楊顯岳送回家。看著臉上毫無血色的她，楊顯岳忍不住憂慮。

步下計程車，張嫵羽卻呆站在溫室前沒有離去，楊顯岳看出了她的心情，於是問她：「想看花嗎？」

「嗯。」張嫵羽露出孱弱的微笑。

夜晚的溫室燈光熠熠，滿室懸掛的燈泡散發著溫暖的光芒，把偌大的溫室照耀成一個奇幻的夢境。

「好漂亮——」第一次在夜晚踏入溫室的張嫵羽看得目不轉睛。「在這裡生活一定像是在作夢吧。」

楊顯岳無法知道她確切在說什麼，只是溫柔地看著張嫵羽。

啪嗒——

溫室的門突然猛地被推開，張嫵羽回頭看到丈夫正站在門口，她發出了一聲驚叫。楊顯岳順著張嫵羽的表情回頭，看到一個怒氣沖沖的男人正往他們走來。

「破麻，整天跑去哪裡……」男人咒罵著，滿眼通紅。「看我怎麼教訓你！」

楊顯岳立即制止男人，靠近時在男人身上聞到了一身的酒氣。

「給恁爸討客兄是不是？」男人怒氣更大了。

「我沒有、我沒有……」張嫵羽慌張地搖著頭。

「還騙我說你們不認識？相好多久了？」男人搖搖晃晃繼續靠近，舉起拳頭就要揮下。「什麼人不討，還討一個啞巴，給恁爸很沒面子！」

楊顯岳一把抓住男人的手臂，用力將他推開。男子一個重心不穩摔倒在地上。

「離婚。」楊顯岳憤怒的比著手語。

「你這個啞巴在比什麼，我看無啦！」因為突然被推倒，男人有點懵。

「你要怎樣才願意離婚？」楊顯岳在筆記本上寫下這行字。

「呦，愛到了是不是？」男子搖搖晃晃起身，一臉訕笑。「我老婆這麼漂亮、這麼幼齒咧……我想看看要怎麼開……」

「陳力群，你要不要臉！」張嫵羽對他大吼。

「要我離婚？可以，給錢，我就把她讓給你。」陳力群不搭理她。

「不要答應他。」張嫵羽抓住楊顯岳的手，轉頭對著丈夫說：「這種錢你也敢要？不要臉，注定一輩子沒用！」

「破麻！又討打是不是？」陳力群舉起手就打算揮下來，楊顯岳再次抓住他的手。「死啞巴，我連你也一起打！」陳力群怒氣沖沖，火氣更大。

就在他的拳頭準備再次落下時，楊顯岳率先往他的臉上揍了一拳，看著陳力群這次摔跌到花田裡，張嫵羽發出一聲驚叫。

「多少錢？」楊顯岳直視著他，比著手語說道。

坐在花田裡的陳力群雖然一身狼狽，卻看懂了楊顯岳的意思，咧著嘴說：「一百萬，一百萬就放她走。」

「不要答應他。」張嬿羽再次拉住楊顯岳，但他卻以溫柔的眼神望著她，輕輕拍了拍她的手，點點頭答應了陳力群的條件。

「好，就這樣說定，你準備好錢，我會把離婚證書準備好。」陳力群訕訕地說，離開時特別對著張嬿羽說道：「不錯嘛，釣到一個盤仔。」

「你要不要臉！」張嬿羽吼了回去，陳力群笑著走出溫室，她隨即身體一軟跌坐在原地哭了起來。「為什麼要對我這麼好，嗚……」

楊顯岳拍了拍她的肩膀安慰著。

「我只是個給你惹麻煩的女人，嗚……」張嬿羽掩面哭泣。

「你想要待多久都可以。」而楊顯岳如此寫道。

張嬿羽淚眼婆娑地看著楊顯岳，「你想要待多久都可以。」是這輩子最讓她感到安心踏實的一句話。

從小她就在一個不健全的家庭裡長大，父母不務正業，打罵是常態，有一陣子張嬿羽只要一回到家就會耳鳴，最後索性不回去了，終日在外遊蕩，於是遇到了陳力群。十七歲那年她不小心懷孕了，結果就是結了婚、搬到陳家住，張嬿羽當時還開心地以為自己終於能脫離父母了，但原來陳力群只是父母的另一個翻版，她不過是從一個混亂換到另一個，孩子也在他的拳打腳踢下流掉，後來的孩子也是。

幾個年頭過去，張嬿羽沒有逃走，不是不想，而是沒有其他地方可以去，更因為是她覺得不管到哪裡結果都會是一樣。所以她只能繼續待著，不是因為願意，而是沒有其他選項。

因此，當楊顯岳溫柔地說出「你想要待多久都可以」時，她激動地哭了。這麼久以來，她第一次覺得自己有所選擇。

楊顯岳整理了一間房給她，於是張嬿羽待了下來，她開始學手語、學習栽種花卉，試著在未曾有過的安穩日子裡過得祥和。他們並沒有結婚，楊顯岳沒提過、張嬿羽也是。

偶爾陳力群還是會上門來鬧，但都被楊顯岳給擋下，日子裡的動盪在時間裡越來越模糊，心驚膽跳的時刻也逐漸不深刻。

兩年後的某天，楊顯岳匆匆忙忙從外面進來，神色有點緊張，他比著手語說：「陳力群出車禍死了。」

此時張嫣羽已經能夠讀得懂許多手語，她靜靜地看著楊顯岳幾秒後，長久以來的惶恐像是洩了氣的氣球般頓時釋放，張嫣羽忍不住放聲哭了出來：「嗚……嗚……」

楊顯岳有點不知所措，只能不斷重複著：「怎麼了?怎麼了?」

不知道哭了多久，張嫣羽才終於抬起頭，她比著手語對楊顯岳說：「你不喜歡我嗎?」

楊顯岳呆住幾秒後，連忙用力點著頭。「喜歡，我很喜歡你。」

「那你為什麼不跟我結婚?」

「我……又老又窮……又聽不到也不會說話，」楊顯岳緩緩比著手語，面露哀傷。「你跟我在一起會吃苦……」

自從跟楊顯岳一起生活以來，張嫣羽才發現雖然擁有一處農地，但生活也只是比過得去再好一些而已，遇到時機不好也只能咬牙撐著，當初那一百萬是他千辛萬苦攢下來的錢。可是這樣的簡單平實，卻是她一輩子都在尋找的東西。

「嗚……我還以為你是嫌棄我，嗚……」張嬿羽又大哭了起來，不過此回她用力抱住了楊顯岳，埋在他的懷裡哭泣。

楊顯岳輕輕地抱著她，微微笑了。

他們辦了場簡單的婚禮，日子依舊過得無聲，但張嬿羽卻感受到了前所未有的巨大幸福。

「這個送你。」張嬿羽生日前一天，楊顯岳遞過來一個紙盒子。

「生日禮物？」張嬿羽笑著收下，打開一看發現是一件洋裝，她在身上比了一下驚喜地問道：「你怎麼會知道我的尺寸？」

「我用比的。」楊顯岳愣愣地笑著，又比道：「明天穿上它，我帶你去吃飯。」

隔天楊顯岳帶著張嬿羽去一家看似高級的餐廳吃飯，一進門餐廳富麗堂皇的裝潢就讓她大開眼界，嘴巴合不攏。他帶著她去了一輩子從沒去過的地方，電視上才有的高檔餐廳，以及安穩的生活。

即使生活再不富裕，每年到她的生日時，楊顯岳總會買一件洋裝給她、帶她到高級餐廳去慶生、規定她只能點最貴的餐點，近二十年來從沒變過；離開餐廳時，張嬿羽都會拿走一張餐廳名片做紀念。

他們沒有孩子，因為數次的流產，張嬿羽被診斷出已經無法再生育，楊顯岳抱著哭泣的她說「沒關係」。張嬿羽只能不斷說著「對不起、對不起」……

兩人的時間過得安靜而悠長，施肥、除草、採收……四季的更迭在溫室裡像是被凍結了一般，每當張嬿羽在花田裡農作時，只要一抬起頭就能看到楊顯岳，心中總能感受到踏實與幸福。

「老公，我去溫室看看花的狀況。」這天冬夜張嬿羽這樣說著，轉身就要出門。

「天氣很冷，明天再去看就好。」楊顯岳擔心著，又補充道：「不然我去好了。」

「你腳不舒服，你休息。我去就好，很快就回來。」張嬿羽堅持。

張嬿羽拿著手電筒步行到溫室，橘黃色的燈光在田埂間閃閃爍爍，像是螢火蟲。打開溫室的門，滿室的燈火照耀著洋桔梗花，溫度比外面高了不少。

至今仍是如此。每回到溫室，張嬿羽總會記起第一次與楊顯岳相遇時，自己裹著披巾、穿著他的布鞋坐在椅子上，看著他在花田裡工作的畫面，以及所帶來的平靜。

張嫵羽呵了口熱氣在手上搓了搓，接著步下花田的走道，一路巡視著花卉。突然間，一股刺痛襲向她的心臟，張嫵羽緩下腳步深深呼吸，待痛楚稍微消退後再繼續前進；又一股刺痛襲來，張嫵羽感到雙腿一軟，無聲地倒在了花田裡頭。

窸窸窣窣——窸窸窣窣——

窸窸窣窣——

曹學奕感受到洋桔梗的花香逐漸淡去、眼前也變得黑暗，他輕打了一個嗝，回到了現實。一旁的程博文見狀趕緊取起筆記本。

曹學奕解下了蒙在臉上的絲布，看到游萻惟也在場並沒有露出驚訝的表情。

「有看到嗎？」程博文問道，楊顯岳也匆匆趕來，同樣急急地問著。

「看到了，」曹學奕用手語比著：「阿姨她很幸福喔。」

楊顯岳有點激動，頓時紅了眼眶。

「阿姨有過很辛苦的日子，對吧？」

楊顯岳點了點頭。

「但她沒有記得那些傷心的回憶……」曹學奕像是想到什麼頓了頓，接著才又說：「她記憶裡的畫面，全都是跟你在一起的那些時間。阿姨只留下了跟你有關的記憶。」他用簡單的手語搭配唇語說道。

「她跟我在一起只是吃苦而已，很辛苦……」楊顯岳忍不住拭淚。

「阿姨比誰都珍惜跟你在一起的日子。」曹學奕拿起筆記本，從書套的夾層中，翻出了一張張的名片。

楊顯岳一眼就認出那些名片上的名字，他顫抖著雙手接下，每張名片後面都寫上了日期：2005.12.16、2006.12.16、2007.12.16……一直到今年的名片統統都有。

「每年楊伯伯特別幫她慶生的餐廳，名片她都有好好保留著。」

看著名片，楊顯岳終於忍不住掉下眼淚，他拭去眼淚一邊用手語比著：「她很幸福，真是太好了，真是太好了……」

「嗚……好感人……嗚嗚……」在一旁的程博文也嚎啕大哭了起來。

游萿惟連忙安慰兩人，而曹學奕只是一貫冷靜地站在旁邊，安靜地吃著生核桃。

結束收尾的儀式之後，步出溫室，嚴冬的冷空氣襲來，冷冽的氣流像刀一樣刮著臉，一張口就化成白煙。

游碁惟正準備喊住曹學奕，沒想到他先開口了：

「我們找間咖啡館吧。」

名為「慢灰色」的咖啡館，整間店的裝潢都是清冷的工業風，主色調是黑跟白，游碁惟想起了蒸餾儲存室。

「對不起，我不是故意要騙你……」游碁惟手捧著熱茶開口。

「你還記得我母親什麼事？」曹學奕插話反問道，一樣只喝熱黑咖啡。

「其實我記得的不多，」游碁惟搖了搖頭說：「大部分的事也都是其他人告訴我的，雖然是當事人，但其實我常常有種置身事外的感覺。」

曹學奕懂這樣的感覺，所以他才會一直試圖想尋找母親的記憶。

「所以你不記得自己救命恩人的事情？」

「對不起……」游莙惟再次道歉，接著趕緊補充：「不過我記得一件事，當時你媽媽抱住我的時候，在她的懷裡有一瞬間，我看到了一個很模糊的影像與金色的亮光……」

「金色亮光？」

「我想了很久，後來才記起來那是一條項鍊，掛在她脖子上的項鍊。」游莙惟繼續解釋：「我在猜，或許那有可能就是可以記起回憶的重要物品。」

「她的遺物裡沒有項鍊。」曹學奕回想著這些年查看母親的遺物，裡頭並沒有符合這條件的項鍊。

「因為不在你母親那裡，那道我看見的金色亮光，其實是項鍊被扯斷的反射。」

曹學奕狐疑地看著游莙惟。

「是真的，我想了很久才想通了這件事，這樣你一直找不到母親的記憶才說得過去。所以這幾年我一有空就會到二手商店尋找……」

「結果有找到？」

「沒有看到與記憶中相符的項鍊。」游萿惟搖了搖頭，接著又說：「直到上個禮拜，我才知道為什麼一直找不到。」

曹學奕沒有開口，只是看著游萿惟，等待她繼續往下說。

「因為項鍊是在黃昱那裡。」停了幾秒，游萿惟終於又開口。

聽到黃昱的名字，曹學奕睜大了雙眼。

「上週他的母親來到花店裡了。」

「她來做什麼？」曹學奕努力壓抑著怒氣。

「她請我代為轉交這個。」游萿惟遞出一個紙盒，打開裡頭躺著一條項鍊。「我想這是你母親的遺物。」

曹學奕接過項鍊，那是一條有著墜子的金色項鍊，他顫抖著雙手輕輕打開花朵造型的項墜，裡面是一張母親與六歲自己的合照。

曹學奕難掩心中激動的情緒，眼眶泛紅。

「她說，這輩子活著的每一天，她都會祝福你能夠過得幸福。」游萿惟腦中浮現了那天黃昱媽媽所說的話。

「我是黃昱的媽媽。」中年婦女緩緩吐出這句話。

游莙惟不敢置信地睜大眼睛，平時能言善道的她，此刻卻說不出一句話。

「真是一家漂亮的花店，」黃媽媽環顧四周並說道：「沒想到二十年後還開著，真是太好了。」

「您以前來過這花店？」

「沒進來過，在門口徘徊過好幾次，但從沒進來過。當年發生那件事後……」黃媽媽清了一下喉嚨又說：「無論說幾次的抱歉都不夠。」

游莙惟想起前幾天新聞播報的槍決執行日，忍不住問道：「請問黃媽媽今天來找學奕是有什麼事？」

「那個……你也看到新聞了吧？」

游莙惟點點頭。

「事件發生後，他的房間我一直都還留著……想著或許有天他會回來……」黃媽媽頓了頓接著說：「雖然他做了那樣的事，但他終究是我的孩子。」

「學奕從此就沒有媽媽了！」游莙惟被眼前婦女的話給惹惱。

黃媽媽靜靜看著游莙惟幾秒後，才緩緩開了口：「我也沒有了孩子。」

「但我們都是無辜的！」游莙惟情緒激動，忍不住喊叫出來。

「你看過自己最重要的人渾身是血嗎？」黃媽媽突然這樣問。

「我……」面對突如其來的問題，游莙惟一時不知該怎麼回應。

「你知道那天當小昱渾身沾滿血跡出現在家門口時，我是怎麼想的嗎？」

游莙惟搖了搖頭。

「我最先想到的是，他是不是受傷了？要不要緊？」黃媽媽頓了頓又說：「但他一言不發就躲進去房間，隔天，警察上門了，我才知道發生了什麼事……最好笑的是，那天我也在電視上看到兒童樂園的新聞，卻怎麼也沒有把它跟小昱連結在一起，那麼恐怖的事，怎麼可能跟小昱有關……只是一直擔心著他是否受了傷？疼不疼……」

「那那些被他傷害的人怎麼辦？」游莙惟吼叫出來。「曹學奕、他的父親，以及其他受害者家屬，我們都是無辜的！」

「我知道，對不起……」黃媽媽道著歉。「要道多少次歉才能得到原諒，或是要做什麼事才能夠讓事情不會發生，我都願意做，相信我。我真的都願意，只要那件事不會發生。」

「傷害已經造成了，是不可能改變的。」

「當時事情發生後，我就一直在想，到底是哪裡做錯了，才會變成這樣？我一直想、一直想……我好希望有人能夠告訴我……」語畢，黃媽媽偷偷拭去眼角的淚水。

「黃媽媽……」

「其實，我今天來這裡，是想把這個還給曹先生……我想，這應該是屬於他母親的東西。」黃媽媽從提包裡拿出一個紙盒，裡頭是一條金色項鍊，項墜是少見的花朵造型。

「怎麼會在您那裡？……」游菪惟一眼就認出這是她尋找已久的那條項鍊。

「這幾天在清理黃昱的房間時找到的，裡頭有張相片，」黃媽媽又繼續說道：「曹先生六歲的樣子我一直都記得，所以一眼就認出來了。」

游菪惟接過項鍊，雙手輕輕顫抖著。

「我曾經也有過一條類似的項鍊，」看著項鍊，黃媽媽露出回憶的表情，隨即又說：「自從小昱服刑以來，我再也沒有見過他一面，他不肯見我，應該說他誰也不見，沒人知道他內心真正的想法是什麼……在同一天，其實我也失去了我的兒子。」

一直沉浸在自己傷痛的游藉惟，從來沒有想過身為母親的她是怎樣的心情。

「不過你不要誤會，我不是在爭取同情，雖然這句話從我口中說出來有點刺耳，但還是想讓你們知道，我不是全然無法體會你們的感受。」黃媽媽連忙解釋。

游藉惟看著眼前一臉哀戚的婦人，久久說不出話來。

「這輩子活著的每一天，我都會祝福他能夠過得幸福。」最後黃媽媽留下這句話，步出花店。

聽著游藉惟的話，曹學奕終於忍不住掉下了眼淚。

「咦？曹店長為什麼哭了？他還好嗎？」被趕到另一桌的程博文，此刻終於再也按捺不住跑了過來。

「他再好不過了。」游藉惟微笑著解釋說。

「媽……我好想你……」曹學奕不再壓抑情緒，淚水不斷滴在項鍊上頭。

接見室內銀亮的鐵欄杆與鐵椅整齊排列著，在鐵窗內是一面透明的玻璃，而每扇窗的上頭都依序標示著編號。

曹學奕在十號接見窗口前坐下。

幾分鐘後，穿著深藍色囚服、雙手銬著手銬的黃昱在獄警陪同下，出現在鐵窗的另一頭。他面無表情地看著曹學奕，緩緩地坐下，雙手自然地垂放在胯下，一副不在乎的模樣。

曹學奕靜靜地盯著眼前的男子，之前只有在媒體上看過黃昱，而此刻眼前的他已經蒼老不少。一瞬間，曹學奕突然感到有點陌生，彷彿他是另外一個人，一個與自己毫無關聯的人。

曹學奕拿起桌上的話筒，黃昱見狀，也跟著緩緩拿了起來，手上的手銬閃著刺眼的亮光。

「你知道我是誰？」一開口，曹學奕突然覺得喉嚨有些乾涸。

黃昱只是點了點頭，沒開口說話。

氣氛有些凝結，曹學奕直直盯著黃昱看，只是當看到他眼裡的漠然時，像是喚起了記憶似的，一股被冒犯之感也同時油然而生，情緒突然有些激動。

「你沒有什麼想跟我說的嗎？」

黃昱仍舊沒開口，只是搖了搖頭。

「你不用跟我道歉嗎？不用跟你殺了的那些人的家人道歉嗎？」

黃昱仍舊是不發一語。

「你他媽的以為被關就是懲罰嗎？你有想過我們這些人的心情嗎？」

黃昱一臉漠然地看著曹學奕，視線被他脖子上的花型項鍊吸引。

「是黃媽媽給我的。」曹學奕解答了他的疑惑。

聽到母親，黃昱的眼神閃過一絲情緒，但隨即很快就消失。

「一句話都不說，為什麼要答應見我？」曹學奕一股火上來，聲量不自覺大了起來，覺得自己被耍了：「是想看我笑話嗎？」

黃昱看了他一眼，轉頭對獄警喊道：「會面結束。」

曹學奕錯愕地看著黃昱如來時一樣消失在鐵窗後，頭也不回。自始至終，他都沒有跟自己說上一句話。

步出看守所，曹學奕沮喪地垂下了肩膀。已經恢復記憶了、也找到母親的項鍊了，自己為什麼非要來見黃昱最後一面不可？是想要做個了結嗎？到底自己想從他那邊得到什麼答案？曹學奕望著看守所灰色的外牆，突然覺得來這裡的理由模糊了。

叮鈴鈴——

「歡迎光臨，菽薇花店。」

「曹伯伯，您今天怎麼來了？」游莙惟抬起頭發現進門的是曹威治。

「來買花。」曹威治溫和地笑著。

「啊，今天是曹媽媽的忌日？抱歉，我都忘了。」前陣子太過紛亂，以至於游莙惟忘了這件事，曹威治上花店一般都是帶自己種的蔬菜來給大家，也看看每個人好不好，若要買花，就是因為曹媽媽忌日。她一邊迅速包起花一邊說著：「一樣白色滿天星嗎？」

每年的今天，曹威治都會到花店來買花去祭拜，曹學奕也會一起去。

「對，學奕媽媽最喜歡的花。」曹威治東張西望看不到曹學奕的人影，忍不住問道：「學奕呢？」

「他去醫院，今天是回診日，等下就進來了。要不要先去裡面休息？」

「曹伯伯喝茶。」程博文倒了杯茶過來。

「謝謝。我在這裡等就好，你們忙，不用招呼我。」曹威治拉了張椅子在櫃檯前坐下，看著他們整理花材。「今天訂單很多？」

「不知道為什麼，又不是什麼節日，突然有好幾筆訂單一起來。」游萏惟笑著回答，手上同時握著玫瑰花莖去除多餘的葉子。

曹威治見狀，也上前抓起花材幫忙整理起來。

「曹伯伯也會？」程博文有點驚訝地問。

「當然，以前我也會幫學奕媽媽做這些事，呵呵。」曹威治稍微熟悉一下，手感很快就回來，他繼續說：「學奕從小就在花店長大，很黏他媽媽，總是『花仙子』、『花仙子』的叫著。」

「因為身上都有花香嘛。」

「其實當初學奕要重開花店時，我有點擔心。」曹威治視線停留在手上正在整理的花材。

「為什麼？怕生意不好？」

「不是，生意不好，了不起就是關店，沒什麼大不了的。」曹威治頓了頓繼續說：「雖然花店有他與母親的回憶，但也怕會勾起他不好的回憶。」

「學奕一直想要記起他遺忘的那些回憶。」

「就是因為知道這件事，所以才更擔心……我怕他的人生會一直被過去給拖住。」曹威治面露憂心。

「但也有好的記憶啊。」游著惟給了曹威治一個安慰的笑容。

「學奕原本是一個活潑的小孩，整天可以嘰嘰呱呱說個不停，但自從發生那件事後，他的話就變少了……」曹威治又說：「或許他一直在自責吧。」

「自責？」游萿惟面露疑惑。

「原來你們不知道，今天也是他的生日。」

游萿惟與程博文同時露出驚訝的神情，這也說明了曹學奕從來不提起、也不過生日的原因。

「去兒童樂園那天其實是學奕的生日，他吵著要媽媽帶他去玩，沒想到……」曹威治眼神透露些許的哀傷。「他可能覺得，要是自己那天沒吵著要去，媽媽就不會死了。一定會這樣想吧。」

「對不起，是我……」聽到這番話，游萿惟突然道歉，眼眶紅了起來。

「不是你們的錯。」似乎知道她想要說些什麼，曹威治插嘴道。

游萿惟詫異地抬起頭看著他，脫口問出：「曹伯伯你知道？」

「我早就曉得你是當年那個小女孩。」曹威治拍了拍游萿惟的頭，心疼地說：「我沒有怪你，你也不要責怪自己了。」

游萿惟輕輕啜泣了起來。

「萿萿姊……」一旁的程博文有點不知所措。

「不要誤以為傷心是生活方式。」曹威治看著她這樣說。

游薪惟淚眼朦朧地看著曹威治。

原來所謂的「已經是過去的事」，其實並不是在說過去不重要、應該遺忘，而是現在的自己能好好生活著，才是更重要的事。過去讓我們成為今天的樣子，但不表示現在要去過成以前的樣子。

叮鈴鈴——

門口突然傳來開門聲，進門的是曹學奕。游薪惟趕緊轉頭拭去眼淚。

「爸，你到啦？我把東西放下就可以出發了。」看到父親已經在店內，曹學奕招呼道。

「好，那花店就麻煩你們照顧了。」曹威治放下手上的玫瑰，準備起身出門。

「交給我們，放心啦。」程博文遞來剛剛包好的滿天星，口氣中信心滿滿。

「我們都會沒事的，曹伯伯放心。」游薪惟給了曹威治一個寬慰的笑容。

到門口時，游薪惟像是想起了什麼，突然拉住曹學奕，在他耳邊輕聲地問：「昨天有見到嗎？」

曹學奕點點頭。

「真的見到了？黃媽媽不是說他誰也不見嗎？」游萱惟露出一絲驚訝。

「見到也沒用，他一句話都沒說。」

游萱惟若有所思地看著曹學奕，緩緩地說：「這會不會是他的道歉呢？」

曹學奕愣了一下，意味深長地看著游萱惟，但沒再多說什麼，只是轉頭跟曹威治說：「爸，我們走吧。」

「曹伯伯，下次再來玩喔。」程博文用力地揮了揮手。

叮鈴鈴——

金山墓園，一座座墓碑整齊地排列在綠茵的草地上。

曹學奕將一束盛放的白色滿天星擺放在母親王菽薇的墳前，他仔細地清理四周，曹威治則是細心地擦拭著墓碑，直至灰黑色的花崗岩一塵不染。

有記憶以來，每回祭拜母親總是只有一束白色的滿天星，自曹學奕兒時開始就是如此，長大成人後他也養成了這樣的習慣。

曹學奕輕閉雙眼、雙手合十，在心裡對母親說了一些話語；再睜開眼，身旁的父親仍舊緊閉著雙眼，嘴裡以一種旁人無法聽清楚的音量輕輕叨唸著。這也是父親的習慣，每回來母親墳前，總有講不完的話要跟她說。

看著眼前的父親，曹學奕突然發現他的頭髮斑白了不少，陽光灑在他的身上，渲染出一圈淡淡的光暈。在他的印象裡，父親始終散發著一股恬淡簡單的氣氛，總是不慌不忙，任何事都游刃有餘地照顧著自己，他的身上有一種自在感，就例如祭拜母親時簡單的一束滿天星。

曹學奕以為父親一直以來都是這樣，但上次在老家聽到父親說著母親離開後的日子，才明白他之所以總是對生活從容，其實是一點一滴打磨出來的結果。

「每次來，你都跟媽說些什麼？」離開墓園時，曹學奕終於忍不住問。

「什麼都講，就想多陪她一下。」曹威治笑道。

「你會想念媽還在的生活嗎？」

曹威治先思考了幾秒，然後一派輕鬆地回：「不會，幾乎已經忘了。」

父親的答案，讓曹學奕感到出乎意料。

「呵、呵，看你這什麼表情，」曹威治看著他那不可置信的表情繼續說道：「我還清楚記得你母親的樣子、說話的神情，或是她一些奇特的小怪癖……我記得一些相處的片段，但已經忘記一起生活是什麼樣子了。」

「這樣不會很可惜嗎？」

「人的腦子就這麼大一個，哪記得了那麼多東西，日子還是要好好過啊。」曹威治笑回。

「我常常會想記起關於媽的一切……」

「不是要記住全部的東西，才表示她很重要。」曹威治看著曹學奕緩緩地說道，接著又補充：「她在我的心裡好好的，這樣就夠了。」

「可是記不起兒童樂園那天的回憶，有時候會讓我覺得自己背叛她了。」曹學奕接著說。

「人的力氣是有限的，若是用力記住傷心，就會忘了美好的部分。」曹威治的語氣裡有種淡然。

「爸……」聽著父親的話，曹學奕沒再多做回應，他抬起頭看著天空。

這會不會是他的道歉呢？曹學奕腦中浮現方才游著惟說的話。

雖說是冬季，但今日的天氣很好，天空一片蔚藍，空氣中有種冷冽清爽的味道，冬日的陽光明媚。

NO.07/

終章

兒童樂園。

曹學奕與游莙惟穿著一白一黑出現在摩天輪旁，身後排著長長的隊伍，眼前景象充斥著各種鮮豔繽紛的顏色、空氣中瀰漫著爆米花的甜味，到處都是歡樂的景象。

他們兩人搭上摩天輪，包廂開始緩緩升空，身旁的景物逐漸縮小，游莙惟看著曹學奕問道：「準備好了？」長久以來，她第一次感到如此緊張。

曹學奕點點頭，隨即脫掉鞋子、赤腳踩金屬底版上，他熟稔地解下白色絲布蒙在臉上，最後手心朝上擺在丹田的位置。游莙惟見狀立刻拿出項鍊，放在他的手上。

摩天輪正以無所察覺的速度緩慢地旋轉著，曹學奕輕輕閉上眼睛，感受著手上項鍊金屬材質傳來的溫度，讓思緒飄散在空氣之中，再深深吸一口氣，靜靜等待氣流的轉換。

漸漸地，四周的味道開始變化，出現了淡淡的純白顏色，點點的光暈懸浮流動著往他的身上聚集，曹學奕看到自己的身上隱隱發著白色光芒。半晌後，曹學奕嘴裡吐出了這幾個字：

「白色滿天星。」

「白色滿天星。」游萿惟重複他的話，同時迅速打開工具盒，從裡頭挑出一支試管，並將精油滴在曹學奕的蒙眼白布以及掌心的項鍊上。

花香瀰漫，曹學奕感受到一股溫柔的氣息滑過頭頂，像是有人輕觸著自己的頭髮一樣，最後這股氣流緩緩將自己包裹了起來，白色的淡淡光芒也慢慢地貼合在他身上，幻化成白色的上衣與褲子，此時，耳裡傳來一個既熟悉又陌生的慈祥女聲。

咻咻——咻咻——

「你是媽咪的小天使。」

兒童樂園門口，綁著馬尾的王菽薇對曹學奕說著，拍了拍他白色襯衫上的皺褶，並替他擦去額頭上的汗，親暱地抱著喊他的小名：「我家學學最適合穿白色了，好像暖呼呼的棉花。」

「爸比也好想去兒童樂園玩喔。」一旁的曹威治露出一絲淘氣的表情。

「爸比要去上班賺錢。」六歲的曹學奕小大人地說著，一邊拉著母親的手，拚命地往園內走。「媽咪，快，我想搭摩天輪。」

「好，媽咪走快一點。」王菽薇笑著回應道，又轉頭對曹威治說：「你快去上班吧，路上小心。」

「下班我再來接你們。」曹威治說，同時用力朝曹學奕揮了揮手，但他視而不見，只是不斷地試圖前走。

「你快走吧。」看到曹學奕心思都在摩天輪上，王菽薇忍不住苦笑。

進到園內，王菽薇特地買了棉花糖與氣球，她配合著曹學奕的步伐，脖子上的花型項鍊隨著她的步伐反射著陽光，一閃一閃，身後的馬尾也輕輕甩動著。

登上摩天輪，曹學奕隨即趴在透明的大窗戶上看著窗外的風景，兩隻小腳在椅子上不斷踢著，稚嫩的臉龐寫滿欣喜的神情。

「學學不怕高嗎？」

「不怕，以後我要開飛機，在天空飛來飛去。」曹學奕堅定地搖搖頭。

「這樣媽咪就看不到你了。」王菽薇笑說，撕了一口棉花糖給他。

「不會，媽咪可以坐我旁邊。」曹學奕一口吃下。

「媽咪跟你一起開飛機嗎？」

「不用，你坐旁邊就好，我會開，我開就好。」曹學奕一臉認真。

「那……媽咪就等著你載我喔。」看著他嚴肅的樣子，王菽薇忍不住露出溺愛的笑容。

「媽咪，我看到我們家了。」突然曹學奕興奮地蹦蹦跳跳。

「學學，這裡不能跳喔。」王菽薇趕緊制止，接著抱起曹學奕讓他坐在自己的腿上，順著他的手指往外看並問道：「在哪裡？」

「就那裡啊，紅紅的那裡。」曹學奕用小小的手指著窗外。

眼前是波光粼粼的淡水河，還有綠意盎然的草地，遠處道路上緩慢移動的行人，高高低低的房舍像是玩具模型一樣錯落，畫面像是停止了一般的靜謐。不過其實這個方向根本不是住家的方向。

王菽薇瞇起雙眼看著遠處的風景，一邊輕撫著曹學奕的頭頂，他柔順的髮絲像絲綢一樣細緻，她嗅了嗅他的髮香，再低頭看著曹學奕因為開心而雙頰通紅的小小面孔，幸福盈滿了心中。

「媽咪光看著你就覺得很幸福，」王莜薇輕聲地說，早晨的陽光將她的臉龐照得明亮。「你是媽咪的小天使。」

畫面閃閃爍爍——

才剛出生的曹學奕，王莜薇溫柔地看著襁褓中的嬰孩，一旁的曹威治眼眶含淚；第一次露出笑容的曹學奕，王莜薇與曹威治也跟著開心地笑了起來；學會說「媽媽」的曹學奕，王莜薇興奮地又跳又叫，曹威治則不斷嘗試要他說出「爸爸」；

踏出第一步的曹學奕，王莜薇與曹威治兩人一左一右緊張地跟在後頭；每年過生日時的曹學奕，王莜薇忙著擦去他臉上的奶油，曹威治拿著相機不斷拍照著……

「你是媽咪的小天使……」

「你是媽咪的小天使。」

咻咻——咻咻——

咻咻——

「你是媽咪的小天使。」

曹學奕感受這句話語從自己的耳際滑過，明亮的畫面逐漸消散，包繞著自己的花香也變淡了，只剩下溫柔的感受還留在心裡。曹學奕蒙著絲布的雙眼不自覺地流下眼淚，接著他輕打了一個嗝，回到現實。

游菩惟見狀趕緊收下項鍊，並協助解下曹學奕臉上的絲布。

「這回有看到嗎？」她問。

「嗯。」曹學奕點了點頭，抹去臉龐上的淚水。

「有看到更多相關的記憶嗎？」

「看到的已經夠了。」曹學奕說著，眼神裡閃爍著溫柔。

原來，一直以來，自己想要記住的事，並不是傷心的記憶，而是關於幸福的那些。那些與母親相處的美好回憶以及跟父親的，才是曹學奕真正在尋找的東西，他終於懂了。

因為被記住了，所以存在著。

更因為記住了幸福的回憶，從此傷心就無足輕重了。

即使記得的只是極其微小的片段，甚至是不足為外人道的某個小小時刻，可是無論再怎麼渺小，都得以盛大地豐滿了內心。這些一點一滴的美好，不管是已經離去的人或是還在身邊的人，與他們一起所創造出來的片刻光亮，溫柔地承接住了我們的脆弱與哀傷。

讓我們能夠美好生活著的東西，並不是因為受傷後所以堅強，而是因為肯定了只要繼續生活著，有朝一日就會再遇見其他的美好。

不再把傷心活成是自己最重要的事，是記憶給予我們的禮物。

步下摩天輪，程博文已經帶來一束滿天星，同時說：「花店有客人來了，曹伯伯剛好也來店裡，我請他先幫忙招呼等一下。」

「又帶了蔬菜來？」游若惟笑問。

「空心菜與大番茄。」程博文用手掌比了一個大大的圓形。

游莙惟輕輕摘下一朵白色小花，連同記憶委託單收進試管中；曹學奕將花束擺在摩天輪下，輕輕彎腰鞠了一個躬，儀式結束。

「曹伯伯跟客人都在等著，快回花店吧。」游莙惟催促著。

離開時回頭望，陽光穿過遊樂設施閃爍著明明滅滅的光芒，幾個小孩跑過他的身旁，同時夾帶著陣陣的歡笑聲，曹學奕抓了一把生核桃塞入口中，嘴角揚起了一抹淺淺的微笑。

叮鈴鈴——

「歡迎光臨，薔薇花店。」

國家圖書館出版品預行編目資料

你好，這裡是記憶花店 / 肆一作 . -- 初版 . --
臺北市：三采文化股份有限公司，2022.05
面； 公分 . --（iREAD；151）
ISBN 978-957-658-789-4（平裝）

863.57 111002709

封面圖片提供：
JPC-PROD / Shutterstock.com
donatas1205 - stock.adobe.com
BillionPhotos.com - stock.adobe.com

內頁圖片提供：
Olga Hmelevskaya / Shutterstock.com
Natasha_S - stock.adobe.com

suncolor 三采文化集團

iREAD 151

你好，這裡是記憶花店

作者｜肆一
編輯四部 總編輯｜王曉雯 主編｜黃迺淳
美術主編｜藍秀婷 封面設計、內頁版型｜藍秀婷
內頁排版｜陳佩君 校對｜周貝桂
行銷協理｜張育珊 行銷企劃｜陳穎姿

發行人｜張輝明 總編輯長｜曾雅青 發行所｜三采文化股份有限公司
地址｜台北市內湖區瑞光路 513 巷 33 號 8 樓
傳訊｜TEL:8797-1234 FAX:8797-1688 網址｜www.suncolor.com.tw
郵政劃撥｜帳號：14319060 戶名：三采文化股份有限公司
本版發行｜2022 年 4 月 29 日 定價｜NT$380